爱阅读课程化丛书/快乐读书吧

爱阅读

北京的春节

老　舍／著
立　人／编

无障碍精读版

课外阅读佳作，爱阅读课程化丛书

分级阅读点拨 · 重点精批详注 · 名师全程助读 · 扫清阅读障碍

成都地图出版社

图书在版编目（CIP）数据

北京的春节 / 老舍著；立人编. -- 成都：成都地图出版社有限公司, 2022.6
（爱阅读）
ISBN 978-7-5557-1954-0

Ⅰ.①北… Ⅱ.①老… ②立… Ⅲ.①散文集—中国—现代 Ⅳ.①I266

中国版本图书馆 CIP 数据核字（2022）第 056610 号

AI YUEDU：BEIJING DE CHUNJIE

爱阅读：北京的春节

老 舍／著 立 人／编

—— 阅读·成长 ——

出版人 鄢来勇

项目监制 王莉莉 田 鹏
营销编辑 田金香 吴 淼
责任编辑 魏玲玲
绘 图 书香文雅
版式设计 书香文雅
封面设计 宋双成
排版制作 书香文雅
责任印制 李苏成

出版发行 成都地图出版社有限公司
（成都市龙泉驿区建设路 2 号 邮政编码：610100）
印 刷 三河市祥宏印务有限公司
版 次 2022 年 6 月第 1 版
印 次 2022 年 6 月第 1 次印刷
开 本 680mm × 960mm 1/16
印 张 10.5
字 数 139千
定 价 24.80 元
书 号 ISBN 978-7-5557-1954-0

吃莲花的

等暑

小青不玩娃娃了

电话
为人民服务

毛毛虫

善人

| 总序 |

北京书香文雅图书文化有限公司的李继勇先生与我联系，说他们策划了一套“爱阅读”丛书，读者对象主要是中小学生，可以作为学生的课外阅读用书，希望我写篇序。作为一名语文教育工作者，为学生推荐这套优秀课外读物责无旁贷，在最近“双减”政策的大背景下，也更有意义。

一、“双减”以后怎么办?

前不久，中共中央办公厅、国务院办公厅印发了《关于进一步减轻义务教育阶段学生作业负担和校外培训负担的意见》，对义务教育阶段学生的作业和校外培训作出严格规定。这是一件好事。曾几何时，我们的中小学生作业负担重，不少孩子不是在各种各样的培训班里，就是在去培训班的路上。孩子们“学”无宁日，备尝艰辛；家长们焦虑不安，苦不堪言。校外培训机构为了增强吸引力，到处挖墙脚；有些老师受利益驱使，不能安心从教，导致社会怨声载道。他们的行为破坏了教育生态，违背了教育规律，严重影响了我国教育改革发展。教育是什么？教育是唤醒，是点燃，是激发。而校外培训的噱头仅仅是提高考试成绩，让孩子在中高考中占得先机。他们的广告词是“提高一分，干掉千人”，大肆渲染“分数为王”，在这种压力之下，孩子们面对的是“分萧萧兮题海寒”，不得不深陷题海，机械刷题。假如只有一部分孩子上培训班，提高的可能是分数。但是，如果大多数孩子或者所有孩子都去上培训班，那提高的就不是分数，而只是分数线。教育的根本任务是立德树人，是培根铸魂，是启智增慧，是德智体美劳全面发展，是培养社会主义建设者和接班人，是为中华民族伟大复兴提供人才，而不是培养只会考试的“机器”，更不能被资本所绑架。所以中央才“出重拳”“放实招”，目的就是要减轻学生过重的课业负担，减轻家长过重的经济和精神负担。

“双减”政策出台后，学生们一片欢呼，再也不用在各种培训班之间来回奔波了，但家长产生了新的焦虑：孩子学习成绩怎么办？而对学校老师来说，这是一个新挑战、新任务，当然也是新机遇。学生在校时间增加，要求老师提升教学水平，科学合理布置作业，同时开展课外延伸服务，事实上是老师陪伴学生的时间增加了。这部分在校时间怎么安排？如何让学生利用好课外时间？这一切考验着老师们的智慧，而开展各种课外活动正好可以解决这个难题，比如：热爱人文的，可以开展阅读写作、演讲辩论、学习传统文化和民风民俗等社团活动；喜爱数理的，可以组织科普科幻、实验研究、统计测量、天文观测等兴趣小组；也可以开展体育比赛、艺术体验（音乐、美术、书法、戏剧）和劳动教育等实践活动。当然，所有的活动都应以培养学生的兴趣爱好为目的，以自愿参加为前提。学校开展课后服务，可以多方面拓展资源，比如博物馆、图书馆、科技馆、陈列馆、少年宫、青少年活动中心，甚至校外培训机构的优质服务资源，还可组织征文比赛、志愿服务、社会调查等，助力学生全面发展。

二、课外阅读新机遇

近年来，“新课标”“新教材”“新高考”成为语文教育改革的热词。前不久，我看到一个视频，说语文在中高考中的地位提高了，难度也加大了。这种说法有一定道理，但并不准确。说它有一定道理，是因为语文能力主要指一个人的阅读和写作能力，而阅读和写作能力又是一个人综合素养的体现。语文能力强，有助于学习别的学科。比如：数学、物理中的应用题，如果阅读能力上不去，读不懂题干，便不能准确把握解题要领，也就没法准确答题；英语中的英译汉、汉译英题更是考查学生的语言表达能力；历史题和政治题往往是给一段材料，让学生去分析、判断，得出结论，并表述自己的观点或看法。从这点来说，语文在中高考中的地位提高有一定道理。说它不准确，有两个方面的理由：一是语文学科本来就重要，不是现在才变得重要，之所以产生这种错觉，是因为在应试教育的背景下，语文的重要性被弱化了；二是语文考试的难度并没有增加，增加的只是阅读思维的宽度和广度，考查的是阅读理解、信息筛选、应用写作、语言表达、批判性思维、辩证思维等关键能力。可以说，真正的素质教育必须重视语文，因为语文是工具，是基础。不少家长和教师认为课外阅读浪费学习时间，这主要是教育观念问题。他们之所以有这种想法，无非是认为考试才是最终目的，希望孩子可以把更多时间用在刷题上。他们只看到课标和教材的变化，以为考试还是过去那一套，其实，考试评价已发生深刻变革。目前，考试评价改革与新课标、新教材改革是同向同行的，都是围绕立德树人做文章。中共中央、国务院印发的《深化新时代教育评价改革总体方案》明确指出："稳步推进中高考改革，构建引导学生德智体美劳全面发展的考试内容体系，改变相对固化的试题形式，增强试题开放性，减少死记硬背和'机械刷题'现象。"显然就是要用中高考"指挥棒"引领素质教育。新高考招生录取强调"两依据，一参考"，即以高考成绩和高中学业水平考试成绩为依据，以综合素质评价为参考。这也就是说，高考成绩不再是高校选拔新生的唯一标准，不只看谁考的分数高，还要看谁更有发展潜力、更有创造性、综合素质更高，从而实现由"招分"向"招人"的转变。而这绝不是仅凭一张高考试卷能够区分出来的，"机械刷题"无助于全面发展，必须在课内学习的基础上，辅之以内容广泛的课外阅读，才能全面提高综合素养。

三、"爱阅读"助力成长

这套"爱阅读"丛书是为中小学生量身打造的，符合《义务教育语文课程标准》倡导的"好读书、读好书、读整本的书"的课改理念，可以作为学生课内学习的有益补充。我一向认为，要学好语文，一要读好三本书，二要写好两篇文，三要养成四个好习惯。三本书指"有字之书""无字之书"和"心灵之书"，两篇文指"规矩文"和"放胆文"，四个好习惯指享受阅读的习惯、善于思考的习惯、乐于表达的习惯和自主学习的习惯。古人说“读万卷书，行万里路”，实际上就是要处理好读书与实践的关系。对于中小学生来说，读书首先是读好“有字之书”。“有字之书”，有课本，有课外自读课本，还有“爱阅读”这样的课外读物。读书时我们不能眉毛胡子一把抓，要区分不同的书，采取不同的读法。一般说来，有精读，有略读。精读需要字斟句酌，需要咬文嚼字，但费时费力。当然也不是所有的书都需要精读，可以根据自己的需要决定精读还是略读。新课标提倡中小学生进行整本书阅读，但是学生往往不能耐着性子读完一整本书。新课标提倡的整本书阅读，主要是针对过去的单篇教学来说的，并不是说每本书都要从头读到尾。教材设计的练习项目也是有弹性的、可选择的，不可能有统一的“阅读计划”。我的建议是，整本书阅读应把精读、略读与浏览结合起来，精读重在示范，略读重在博览，浏览略观大意即可，三者相辅相成，不宜偏于一隅。不仅如此，学生还可以把阅读与写作、读书与实践、课内与课外结合起来。整本书阅读重在掌握阅读方法，拓展阅读视野，培养读书兴趣，养成阅读习惯。

再说写好两篇文。学生读得多了，素养提高了，自然有话想说，有自己的观点和看法要发表。发表的形式可以是口头的，也可以是书面的，书面表达就是写作。写好两篇文，一篇规矩文，一篇放胆文。规矩文重打基础，放胆文更见才气。规矩文要求练好写作基本功，包括审题、立意、选材、构思等，同时还要掌握记叙文、议论文、说明文、应用文的基本要领和写作规范。规矩文的写作要在教师的指导下进行。放胆文则鼓励学生放飞自我、大胆想象，各呈创意、各展所长，尤其是展现自己的应用写作能力、语言表达能力、批判性思维能力和辩证思维能力。放胆文的写作可以多种多样，除了大作文，也可以写小作文。有兴趣的还可以进行文学创作，写诗歌、小说、散文、剧本等。

学习语文还要养成四个好习惯。第一，享受阅读的习惯。爱阅读非常重要。每个同学都应该有自己的个性化书单，有的同学喜欢网络小说也没有关系，但需要防止沉迷其中，钻进“死胡同”。这套“爱阅读”丛书，就给中小学生课外阅读提供了大量古今中外的名家名作。第二，善于思考的习惯。在这个大众创业、万众创新的时代，创新人才的标准，已不再是把已有的知识烂熟于心，而是能够独立思考，敢于质疑，能够自己去发现问题、提出问题和解决问题，需要具有探究质疑能力、独立思考能力、批判性思维和辩证思维能力。第三，乐于表达的习惯。表达的乐趣在于说或写的过程，这个过程比说得好、写得完美更重要。写作形式可以不拘一格，比如作文、日记、笔记、随笔、漫画等。第四，自主学习的习惯。我的地盘我做主，我的语文我做主。不是为老师学，也不是为父母长辈学，而是为自己的精神成长学，为自己的未来学。

愿广大中小学生能借助这套“爱阅读”丛书，真正爱上阅读，插上想象的翅膀，飞向未来的广阔天地！

顾之川

2021年10月15日

写于京东大运河畔之两不厌居

· 作家生平 ·

老舍（1899—1966），原名舒庆春，字舍予，满族正红旗人，毕业于北京师范学院，中国现代小说家、作家、语言大师，新中国第一位获得“人民艺术家”称号的作家。老舍一生创作了大量的小说（尤其是长篇小说）、剧本、散文、诗歌等，代表作品有《茶馆》《骆驼祥子》《四世同堂》《龙须沟》等。他总是忘我地工作，是文艺界当之无愧的“劳动模范”，终生对清朝的腐朽统治持批判态度。“文化大革命”初期，老舍横遭“四人帮”的摧残与陷害，含冤屈死。老舍一生为我国新文学事业做出了不可磨灭的贡献。

· 创作背景 ·

老舍在1949年12月回到祖国，1951年1月发表了《我热爱新北京》，写了北京的下水道、清洁、灯和水的新变化，歌颂首都新面貌。同一时间，他又创作了《北京的春节》，描述老北京春节各种民风民俗的温馨美好，同时对比新社会春节的移风易俗，赞美新中国。

· 作品速览 ·

本书收录了老舍的三十一篇文章，包括散文、小说、童话等。北京的人情世态，市民社会的各色形象，抗日时期的城市农村形象等都鲜活在作者的笔下。

1

爱阅读 AI YUEDU

· 文学特色 ·

一、文笔幽默，增加了作品的喜剧感和讽刺性。二、语言通俗生动，雅俗共赏。作品中的人物语言是经过提炼加工的北京白话，清浅又有韵味。三、主题鲜明，反映了作者反帝反封建的爱国思想。

2

阅读准备

“作家生平”，走近作家，一睹作家风采；“创作背景”，了解作品创作的时代背景；“作品速览”，把握故事全貌、主题意蕴；“文学特色”，发掘作品深刻的文学价值，以增进理解，提高阅读效率。

名家心得

老舍先生的作品集语言的通俗性和文学性为一体，渗透着京味文化。文字自然平易，明白晓畅，没有技巧的痕迹却有着扣人心弦的魅力。有老舍先生必有幽默，在诙谐俏皮中透露着情感与智慧，耐人寻味。老舍先生的文章有着大雅若俗的美，生活中随便一件小事，在他的笔端就成了妙思佳文。

读者感悟

读老舍先生的文章，犹如和一位平易近人的智者交谈。读着读着，会不自觉地笑起来，笑过之后又不禁沉思，是因为他的笔有一种魔力吧。他作品中所描述的美与丑、玩与斗、苦与乐，传达着他对底层人民生活不幸的同情、对国民劣根性的批判、对贫穷落后的反思、对美好生活的向往、对家国的热爱……

阅读拓展

老舍先生曾说，《离婚》是他最满意的作品。老舍用他独特的温和幽默的方

145

式描绘了一幅现代市民的生活画面，几个家庭因为这样那样的原因，吵闹着要走出婚姻这座围城，最后却以敷衍、妥协的生活态度结束了离婚的拉锯战。这部长篇小说对现实婚姻、家庭关系、人际交往、生命价值等问题进行了解读，语言幽默诙谐而又不失严肃深刻。

真题演练

1.《有声电影》标题使用了什么修辞？

2.《善人》主要运用什么方法来塑造人物形象？

3.《买彩票》写了哪几件事？

4.《抬头见喜》中的传统节日有什么矛盾性？

5.“因为他的‘狂’，所以他才肯受苦，才会爱惜羽毛。”（出自《一点点认识》）中“爱惜羽毛”是什么意思？

6.《大智若愚》题目的含义是什么？

146

阅读总结

“名家心得”，听听名家怎么说；“读者感悟”，看看别人怎么想；“阅读拓展”，帮你丰富文学知识，增强艺术感受力；“真题演练”，考查阅读本书后的效果，是对阅读成果的巩固和总结。习题具有一定的延伸性和拓展性，对于没有回答上来的问题，读者可以借此发现阅读上的不足，心中带着疑问，为下一次的精读做好准备。

接受文学名著的滋养，读写贯通，读为写用，读写双升

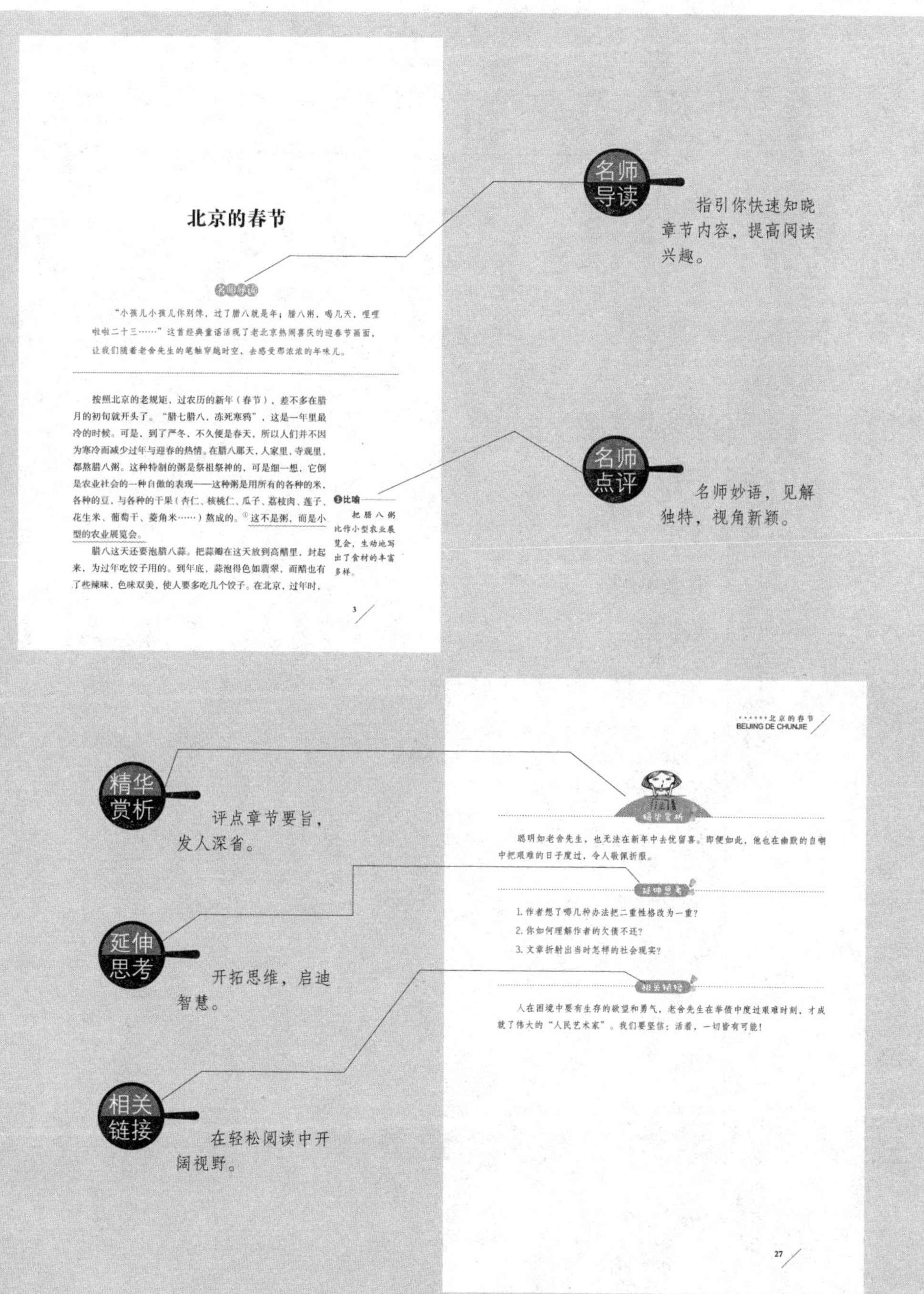

Contents

目录

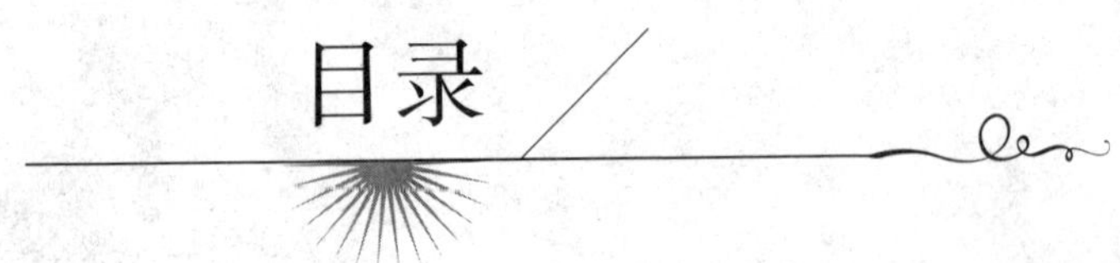

1 **阅读准备**

3 北京的春节

8 夏之一周间

11 吃莲花的

14 买彩票

17 抬头见喜

21 有声电影

25 新年的二重性格

28 大发议论

34 神的游戏

38 婆婆话

44 观画记

48 西红柿

51 立秋后

53 等　暑

55 可喜的寂寞

58 大智若愚

60 梦想的文艺
63 割盲肠记
69 小青不玩娃娃了
71 小白鼠
74 电　话
77 末一块钱
87 毛毛虫
93 善　人
99 八太爷
109 兄妹从军
119 敌与友
126 一点点认识
129 家书一封
131 勤俭持家
134 相　片
139 科学救命
142 考而不死是为神
145 **阅读总结**

·作家生平·

老舍（1899—1966），原名舒庆春，字舍予，满族正红旗人，毕业于北京师范学院，中国现代小说家、作家、语言大师，新中国第一位获得“人民艺术家”称号的作家。老舍一生创作了大量的小说（尤其是长篇小说）、剧本、散文、诗歌等，代表作品有《茶馆》《骆驼祥子》《四世同堂》《龙须沟》等。他总是忘我地工作，是文艺界当之无愧的“劳动模范”，终生对清朝的腐朽统治持批判态度。“文化大革命”初期，老舍横遭“四人帮”的摧残与陷害，含冤屈死。老舍一生为我国新文学事业做出了不可磨灭的贡献。

·创作背景·

老舍在 1949 年 12 月回到祖国。1951 年 1 月发表了《我热爱新北京》，写了北京的下水道、清洁、灯和水的新变化，歌颂首都新面貌。同一时间，他又创作了《北京的春节》，描述老北京春节各种民风民俗的温馨美好，同时对比新社会春节的移风易俗，赞美新中国。

·作品速览·

本书收录了老舍的三十一篇文章，包括散文、小说、童话等。北京的人情世态，市民社会的各色形象，抗日时期的城市农村形象等都鲜活在作者的笔下。

·文学特色·

一、文笔幽默，增加了作品的喜剧感和讽刺性。二、语言通俗生动，雅俗共赏。作品中的人物语言是经过提炼加工的北京白话，清浅又有韵味。三、主题鲜明，反映了作者反帝反封建的爱国思想。

北京的春节

名师导读

“小孩儿小孩儿你别馋，过了腊八就是年；腊八粥，喝几天，哩哩啦啦二十三……”这首经典童谣活现了老北京热闹喜庆的迎春节画面，让我们随着老舍先生的笔触穿越时空，去感受那浓浓的年味儿。

按照北京的老规矩，过农历的新年（春节），差不多在腊月的初旬就开头了。“腊七腊八，冻死寒鸦”，这是一年里最冷的时候。可是，到了严冬，不久便是春天，所以人们并不因为寒冷而减少过年与迎春的热情。在腊八那天，人家里，寺观里，都熬腊八粥。这种特制的粥是祭祖祭神的，可是细一想，它倒是农业社会的一种自傲的表现——这种粥是用所有的各种的米，各种的豆，与各种的干果（杏仁、核桃仁、瓜子、荔枝肉、莲子、花生米、葡萄干、菱角米……）熬成的。①这不是粥，而是小型的农业展览会。

❶比喻　把腊八粥比作小型农业展览会，生动地写出了食材的丰富多样。

腊八这天还要泡腊八蒜。把蒜瓣在这天放到高醋里，封起来，为过年吃饺子用的。到年底，蒜泡得色如翡翠，而醋也有了些辣味，色味双美，使人要多吃几个饺子。在北京，过年时，家家吃饺子。

从腊八起，铺户中就加紧的上年货，街上加多了货摊子——卖春联的、卖年画的、卖蜜供的、卖水仙花的等等都是只在这一季节才会出现的。这些赶年的摊子都教儿童们的心跳得特别快一些。[①] 在胡同里，吆喝的声音也比平时更多更复杂起来，其中也有仅在腊月才出现的，像卖宪书的、松枝的、薏仁米的、年糕的等等。

❶对比、举例……

吆喝声比平时多且杂，表明赶年的生意种类多，且更忙更红火；列举仅在腊月才有的叫卖，进一步突出了年味儿。

在有皇帝的时候，学童们到腊月十九日就不上学了，放年假一月。儿童们准备过年，差不多第一件事是买杂拌儿。这是用各种干果（花生、胶枣、榛子、栗子等）与蜜饯搀和成的，普通的带皮，高级的没有皮——例如：普通的用带皮的榛子，高级的用榛瓤儿。儿童们喜吃这些零七八碎儿，即使没有饺子吃，也必须买杂拌儿。他们的第二件大事是买爆竹，特别是男孩子们。恐怕第三件事才是买玩艺儿——风筝、空竹、口琴等——和年画儿。

儿童们忙乱，大人们也紧张。他们须预备过年吃的使的喝的一切。他们也必须给儿童赶快做新鞋新衣，好在新年时显出万象更新的气象。

二十三日过小年，差不多就是过新年的“彩排”。在旧社会里，这天晚上家家祭灶王，从一擦黑儿鞭炮就响起来，随着炮声把灶王的纸像焚化，美其名叫送灶王上天。在前几天，街上就有多少多少卖麦芽糖与江米糖的，糖形或为长方块或为大小瓜形。[②] 按旧日的说法：用糖粘住灶王的嘴，他到了天上就不会向玉皇报告家庭中的坏事了。现在，还有卖糖的，但是只由大家享用，并不再粘灶王的嘴了。

❷引用传说……

富有神话色彩，增加文章的趣味性。

过了二十三，大家就更忙起来，新年眨眼就到了啊。在除夕以前，家家必须把春联贴好，必须大扫除一次，名曰扫房。必须把肉、鸡、鱼、青菜、年糕什么的都预备充足，至少足够吃用一个星期的——按老习惯，铺户多数关五天门，到正月初六才开张。假若不预备下几天的吃食，临时不容易补充。还有，旧社会里的老妈妈论，讲究在除夕把一切该切出来的东西都切出来，省得在正月初一到初五再动刀，动刀剪是不吉利的。这含有迷信的意思，不过它也表现了我们确是爱和平的人，在一岁之首连切菜刀都不愿动一动。

除夕真热闹。①家家赶做年菜，到处是酒肉的香味。老少男女都穿起新衣，门外贴好红红的对联，屋里贴好各色的年画，哪一家都灯火通宵，不许间断，炮声日夜不绝。在外边作事的人，除非万不得已，必定赶回家来，吃团圆饭，祭祖。这一夜，除了很小的孩子，没有什么人睡觉，而都要守岁。

❶场景描写

酒肉香、新衣、对联、年画、灯火通宵、炮声不绝，作者从嗅觉、视觉、听觉多角度渲染除夕氛围的热闹、喜庆、隆重，给人身临其境的感觉，勾起人们的美好回忆。

元旦的光景与除夕截然不同：除夕，街上挤满了人；元旦，铺户都上着板子，门前堆着昨夜燃放的爆竹纸皮，全城都在休息。

男人们在午前就出动，到亲戚家、朋友家去拜年。女人们在家中接待客人。同时，城内城外有许多寺院开放，任人游览，小贩们在庙外摆摊，卖茶、食品和各种玩具。北城外的大钟寺、西城外的白云观、南城的火神庙（厂甸）是最有名的。可是，开庙最初的两三天，并不十分热闹，因为人们还正忙着彼此贺年，无暇及此。到了初五六，庙会开始风光起来，小孩们特别热心去逛，为的是到城外看看野景，可以骑毛驴，还能买到那些新年特有的玩具。②白云观外的广场上有赛轿车赛马的；在老年间，据说还有赛骆驼的。这些比赛并不争取谁第一谁第二，而是在观众面前表演骡马与骑者的美好姿态与技能。

❷叙议结合

作者对庙会比赛的评价点出比赛的实质内涵，表现了人们淳朴的生活价值观念，无世俗的名利纷争。

多数的铺户在初六开张，又放鞭炮，从天亮到清早，全城的炮声不绝。虽然开了张，可是除了卖吃食与其他重要日用品的铺子，大家并不很忙，铺中的伙计们还可以轮流着去逛庙、逛天桥和听戏。

元宵（汤圆）上市，新年的高潮到了——元宵节（从正月十三到十七）。除夕是热闹的，可是没有月光；元宵节呢，恰好是明月当空。元旦是体面的，家家门前贴着鲜红的春联，人们穿着新衣裳，可是它还不够美。元宵节，处处悬灯结彩，整条的大街像是办喜事，火炽而美丽。①有名的老铺都要挂出几百盏灯来，有的一律是玻璃的，有的清一色是牛角的，有的都是纱灯；有的各形各色，有的通通彩绘全部《红楼梦》或《水浒传》故事。这，在当年，也就是一种广告；灯一悬起，任何人都可以进到铺中参观；晚间灯中都点上烛，观者就更多。这广告可不庸俗。干果店在灯节还要作一批杂拌儿生意，所以每每独出心裁的，制成各样的冰灯，或用麦苗作成一两条碧绿的长龙，把顾客招来。

❶排比、举例

作者用排比的句式列举灯的材质和内容，突出中国高超的传统制灯技艺。其中，彩绘名著的灯更是有浓郁的文化气息，体现了元宵节内容的丰富多彩。

除了悬灯，广场上还放花盒。在城隍庙里并且燃起火判，火舌由判官的泥像的口、耳、鼻、眼中伸吐出来。公园里放起天灯，像巨星似的飞到天空。

男男女女都出来踏月、看灯、看焰火；街上的人拥挤不动。在旧社会里，女人们轻易不出门，她们可以在灯节里得到些自由。

小孩子们买各种花炮燃放，即使不跑到街上去淘气，在家中照样能有声有光的玩耍。家中也有灯：走马灯——原始的电影——宫灯、各形各色的纸灯，还有纱灯，里面有小铃，到时候就叮叮的响。大家还必须吃汤圆呀。这的确是美好快乐的日子。

②一眨眼，到了残灯末庙，学生该去上学，大人又去照常作事，新年在正月十九结束了。腊月和正月，在农村社会里正是大家最闲在的时候，而猪牛羊等也正长成，所以大家要杀猪宰羊，酬劳一年的辛苦。过了灯节，天气转暖，大家就又去忙着干活了。北京虽是城市，可是它也跟着农村社会一齐过年，而且过得分外热闹。

❷过渡句

承上启下的作用。花灯渐少渐熄，元宵节逐渐落幕，这意味着春节的结束，人们回归平凡而忙碌的日常。“一眨眼”形容时间过得极快，表达了作者对春节的留恋不舍。

在旧社会里，过年是与迷信分不开的。腊八粥，关东糖，除夕的饺子，都须先去供佛，而后人们再享用。除夕要接神；大年初二要祭财神，吃元宝汤（馄饨），而且有的人要到财神庙去借纸元宝，抢烧头股香。正月初八要给老人们顺星、祈寿。

因此那时候最大的一笔浪费是买香蜡纸马的钱。现在，大家都不迷信了，也就省下这笔开销，用到有用的地方去。特别值得提到的是现在的儿童只快活的过年，而不受那迷信的熏染，他们只有快乐，而没有恐惧——怕神怕鬼。[1] 也许，现在过年没有以前那么热闹了，可是多么清醒健康呢。以前，人们过年是托神鬼的庇佑，现在是大家劳动终岁，大家也应当快乐的过年。

原载1951年1月《新观察》第2卷第2期

❶对比

以前的年热闹，是生产力不发达的生活方式的传统传承；现在的年健康，是科学发展的必然结果。作者将二者进行对比，委婉表达出作者希望保留和发扬优秀民间文化传统的愿望。

精华赏析

老北京的各种春节习俗在老舍先生的京味儿语言中娓娓道来，铺开了一幅幅多姿多彩的民俗画卷，展现了独具魅力的年文化。

延伸思考

1. 文章按什么顺序记叙？找出标志词。

2. 本文的语言“京味儿”鲜明，找出一些体现“京味儿”特点的词语或句子。

3. 你最喜欢春节的哪一天？简要说说你喜欢的理由。

相关链接

因为环境保护的需要，缤纷的焰火淡出了人们的视野，辞旧岁的鞭炮声和一些习俗成了历史回忆，虽年味儿渐淡，但春节情思是我们中华民族特有而永恒的存在。

夏之一周间

名师导读

暑假，一个“休闲”的代名词，学生与老师都有了自由支配时间的特权，用老舍先生的话说就是“不作铜铃的奴隶”。那老舍先生又是如何在假期中做时间的主人呢？我们一起去看看吧。

我与学界的人们一同分润寒假暑假的“寒”与“暑”，“假”字与我老不发生关系似的。寒与暑并不因此而特别的留点情；可是，一想及拉车的，当巡警的，卖苦力气的，我还抱怨什么？而且假期到底是假期，晚起个三两分钟到底不会耽误了上堂；[①]暂时不作铜铃的奴隶也总得算偌大的自由！况且没有粉笔面子的“双”薰——对不起，一对鼻孔总是一齐吸气，还没练成“单吸”的工夫，虽然作了不少年的教员。

❶比喻 把“不受工作时间的约束”比作“不作铜铃的奴隶”，幽默风趣地写出暑假时自己有了自由支配时间的权利。

整理已讲过的讲义，预备下学期的新教材，这把“念读写作，四者缺一不可”的工夫已作足。此外，还要写小说呢。教员兼写家，或写家兼教员，无论怎样排列吧，这是最时行的事。单干哪一行也不够养家的，况且我还养着一只小猫！幸而教员兼车夫，或写家兼屠户，还没大行开，这在像中国这么文明的国家里，还不该念佛？

闹钟的铃自一放学就停止了工作，可是没在六点后起来过，小说的人物总是在天亮左右便在脑中开了战事；[①]设若不乘着打得正欢的时候把他们捉住，这一天，也许是两三天，不用打算顺当的调动他们，不管你吸多少枝香烟，他们总是在面前耍鬼脸，及至你一伸手，他们全跑得连个影儿也看不见。早起的鸟捉住虫儿，写小说的也如此。

这决不是说早起可以少出一点汗。在济南的初伏以前而打算不出汗，除非离开济南。早晨，晌午，晚间，夜里，毛孔永远川流不息：只要你一眨巴眼，或叫声“球”——那只小猫——得，遍体生津。早起决不为少出汗，而是为拿起笔来把汗吓回去。出汗的工作是人人怕的，连汗的本身也怕。一边写，一边流汗；越流汗越写得起劲；[②]汗知道你是与它拼个你死我活，它便不流了。这个道理或者可以从《易经》里找出来，但是我还没有工夫去检查。

自六点至九点，也许写成五百字，也许写成三千字，假如没有客人来的话。五百字也好，三千字也好，早晨的工作算是结束了。值得一说的是：写五百字比写三千的时候要多吸至少七八枝香烟，吸烟能助文思不永远灵验，是不是还应当多给文曲星烧股高香？

九点以后，写信——写信！老得写信！希望邮差再大罢工一年！——浇浇院中的草花，和小猫在地上滚一回，然后读欧·亨利。这一闹哄就快十二点了。[③]吃午饭；也许只是闻一闻；夏天闻闻菜饭便可以饱了的。饭后，睡大觉，这一觉非遇见非常的事件是不能醒的。打大雷，邻居小夫妇吵架，把水缸从墙头掷过来，……只是不希望地震，虽然它准是最有效的。醒了，该弄讲义了，多少不拘，天天总弄出一点来。六点，又吃饭。饭后，到齐大的花园去走半点钟，这是一天中挺直脊骨的特许期间，廿四点钟内挺两刻钟的脊骨好像有什么卫生神术在其中似的，不过，挺着胸膛走到底是壮观的；究竟挺直了没有自然是另一问题，未便深究。

❶比喻

在头脑中出现文学想象的时候就要马上动笔写出来，一旦错过时间，就会断了思路，很难再把它们清晰精彩地呈现出来。

❷拟人

老舍先生写作时间长，写作在与汗的抗争中取得了胜利。

❸夸张、侧面描写

闻饭菜自然是闻不饱的，作者用夸张的修辞从侧面写出了夏天的炎热，让人没有食欲。

挺背运动完毕，回家。屋子里比烤面包的炉子的热度高着多少？无从知道，因为没有寒暑表。[①] 屋内的蚊子还没都被烤死呢，我放心了。洗个澡，在院中坐一会儿，听着街上卖汽水，冰激凌的吆喝。心静自然凉，我永远不喝汽水，不吃冰激凌；香片茶是我一年到头的唯一饮料，多咱香片茶是由外洋贩来我便不喝了。九点钟前后就去睡，不管多热，我永远的躺下（有时还没有十分躺好）便能入梦。身体弱多睡觉，是我的格言。一气睡到天明，又该起来拿笔吓走汗了。

①衬托

前面说屋里温度比烤炉高，这里说蚊子还活着，因而放心人也不会有烤死的危险，表现出一种乐观的幽默，为下文入睡做铺垫。

过去的一周就是这么过去的；没读过一张报纸，不作亡国的事的，与作亡国的事的，或者都不大爱读新闻纸；我是哪一等人呢？良心上分吧。

原载 1932 年 9 月 1 日《现代》第 1 卷第 5 期

精华赏析

假日里的老舍先生依然笔耕不辍，而且文思泉涌必行诸笔端，何其勤奋；已是文学大师还坚持读名家作品，多么好学；师之责任一日不忘，天天备讲义，何等敬业！

延伸思考

1. 老舍先生在暑假每天的工作时间大约多长？
2. 老舍先生的写作条件怎样？
3. 你从老舍先生对于假日里一天的规划中感悟到了什么？

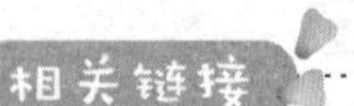

相关链接

浇花、逗猫是作者的闲情逸致，属于生活娱乐；齐大花园散步挺直脊骨，是锻炼身体，它们共属休闲时刻。这样劳逸结合，才能工作高效率，生活高质量。

吃莲花的

名师导读

“出淤泥而不染，濯清涟而不妖”，高洁的莲自古就是文人雅士的钟爱之物。老舍先生更不例外，悉心栽培养护，不料意外夭折于友人之手。

今年我种了两盆白莲。①盆是由北平搜寻来的，里外包着绿苔，至少有五六十岁。泥是由黄河拉来的。水用趵突泉的。只是藕差点事，吃剩下来的菜藕。好盆好泥好水敢情有妙用，菜藕也不好意思了，长吧，开花吧，不然太对不起人！居然，拔了梗，放了叶，而且开了花。一盆里七八朵，白的！只有两朵，瓣尖上有点红，我细细的用檀香粉给涂了涂，于是全白。作诗吧，除了作诗还有什么办法？专说“亭亭玉立”这四个字就被我用了七十五次，请想我作了多少首诗吧！

❶侧面描写

北平的老盆贵重、黄河的泥肥沃、“天下第一泉”的水清甜，以此铺陈出作者种莲非同一般的栽花，从侧面反映出作者对莲的爱与敬。

这且不提。好几天了，天天门口卖菜的带着几把儿白莲。最初，我心里很难过。好好的莲花和茄子冬瓜放在一块，真！继而一想，若有所悟。啊，济南名士多，不能自己“种”莲，还不“买”些用古瓶清水养起来，放在书斋？是的，一定是这样。

这且不提。友人约游大明湖，“去买点莲花来！”他说。“何必去买，我的两盆还不可观？”我有点不痛快，心里说：“我自种的难道比不上湖里的？真！”况且，天这么热，游湖更受罪，不如在家里，煮点毛豆角，喝点莲花白，作两首诗，以自种白莲为题，岂不雅妙？友人看着那两盆花，点了点头。[①]我心里不用提多么痛快了；友人也很雅哟！除了作新诗向来不肯用这“哟”，可是此刻非用不可了！我忙着吩咐家中煮毛豆角，看看能买到鲜核桃不。然后到书房去找我的诗稿。友人静立花前，欣赏着哟！

❶心理描写

友人点头代表了对我所种的莲花的肯定，使我心情大悦，并以“雅”来评价友人，以“哟”突出我自以为遇知音的愉悦。

这且不提。及至我从书房回来一看，盆中的花全在友人手里握着呢，只剩下两朵快要开败的还在原地未动。我似乎忽然中了暑，天旋地转，说不出话。友人可是很高兴。他说：“这几朵也对付了，不必到湖中买去了。其实门口卖菜的也有，不过没有湖上的新鲜便宜。你这些不很嫩了，还能对付。”他一边说着，一边奔了厨房。“老田，”他叫着我的总管事兼厨子：“把这用好香油炸炸。外边的老瓣不要，炸里边那嫩的。”老田是我由北平请来的，和我一样不懂济南的典故，他以为香油炸莲瓣是什么偏方呢。“这治什么病，烫伤？”他问。友人笑了。“治烫伤？吃！美极了！没看见菜挑子上一把一把儿的卖吗？”

[②]这且不提。还提什么呢，诗稿全烧了，所以不能附录在这里。

❷间接反复

在文中出现了四次，结构上使文章脉络清晰，层次分明；同时，也突出了朋友的表现让我意外而心痛。

原载1933年8月16日《论语》第23期

精华赏析

作者为莲作诗用“亭亭玉立”七十五次之多，可见莲形神之美给作者带来的无限诗情与精神享受。作者对莲的喜爱有多深，友人的折花之举对作者的伤就有多重。

延伸思考

1. 作者看到“天天门口卖菜的带着几把儿白莲”时都有什么想法？

2. “友人看着那两盆花”，友人具体在看什么？

3. 作者为什么把诗稿都烧了？

相关链接

“已所不欲，勿施于人”是孔子的名言，但“已所欲”就能施于人吗？答案也是否定的。文中友人的做法很明显深深地伤害了作者，所以生活中我们要学会为他人着想。

买彩票

名师导读

彩票，以小搏大，寄托着一夜暴富的美梦，令无数人为之痴狂。三十年代老北京村里的一群人最终也是做了一场彩票黄粱梦。

在我们那村里，抓会赌彩是自古有之。航空奖券，自然的，大受欢迎。头彩五十万，听听！二姐发起集股合作，首先拿出大洋二角。我自己先算了一卦，上吉，于是拿了四角。和二姐算计了好大半天，原来还短着九元四才够买一张的。我和她分头去宣传，五十万，五十万，五十个人分，每人还落一万，二角钱弄一万！[①]举村若狂，连狗都听熟了“五十万”，凡是说“五十万”的，哪怕是生人，也立刻摇尾而不上前一口把腿咬住。闹了整一个星期；十元算是凑齐；我是最大的股员。三姥姥才拿了五分，和四姨五姨共同凑了一股；她们还立了一本账簿。

❶夸张、侧面描写 狗听熟了“五十万”，对生人也摇尾，有点夸张的意味，从侧面反映出人们对于彩票狂热的程度和痴迷发财的美梦。

上哪里去买呢？还得算卦。二姐不信任我的诸葛金钱课，花了五大枚请王瞎子占了个马前神课……利东北。城里有四家代售处；利成记在城之东北；决议，到利成记去买。可是，利成是四家买卖中最小的一号，只卖卷烟煤油，万一把十元拐去，或是卖假券呢！又送了王瞎子五大枚，从新另占。西北也行，他说；① 不但是行，他细掐过手指，还比东北好呢！西北是恒祥记，大买卖，二姐出阁时的缎子红被还是那儿买的呢。

谁去买？又是个问题。按说我是头号股员，我应当跑一趟。可是我是属牛的，今年是鸡年，总得找属鸡的，还得是男性，女性丧气。只有李家小三是鸡年生的，平日那些属鸡的好像都变了，找不着一个。小三自己去太不放心啊，于是决定另派二员金命的男人妥为保护。挑了吉日，三位进城买票。

票买来了，谁拿着呢？我们村里的合作事业有个特点，谁也不信任谁。经过三天三夜的讨论，还是交给了三姥姥，年高虽不见得必有德，可是到底手脚不利落，不至私自逃跑。

直到开彩那天，大家谁也没睡好觉。以我自己说，得了头彩——还能不是我们得吗？！——② 就分两万，这两万怎么花？买处小房，好，房的地点，样式，怎么布置，想了半夜。不，不买房子，还是作买卖好，于是铺子的地点、形式、种类，怎么赚钱，赚了钱以后怎样发展，又是半夜。天上的星星，河边的水泡，都看着像洋钱。清晨的鸟鸣，夜半的虫声，都说着“五十万”。偶尔睡着，手按在胸上，梦见一堆现洋压在身上，连气也出不得！特意买了一付骨牌，为是随时打卦。打了坏卦，不算，另打；于是打的都是好卦，财是发准了。

开奖了。报上登出前五彩，没有我们背熟了的那一号。房子，铺子……随着汗全走了。等六彩七彩吧，头五奖没有，难道还不中个小六彩？又算了一卦，上吉；六彩是五百，弄几块作件夏布大衫也不坏。于是一边等着六彩七彩的揭露，一边重读前五彩的号数，替得奖的人们想着怎么花用的方法，未免有些羡妒，③ 所以想着想着便想到得奖人的乐极生悲，也许被钱烧死；自己没得也好；自然自己得奖也不见得就烧死。无论怎说，心

❶细节描写

同样的事情可以有不同的占卜结果，而且完全可以遂了占卜人的意愿，细掐手指也就是摆摆样子，自欺且欺人。

❷心理描写

彩还没开，就幻想着得了头彩后该如何安置。幻觉中触目所及都是洋钱，入耳之声都是“五十万”，做梦也是现洋压身，这一切与下文形成鲜明对比，极具讽刺意味。

❸心理描写

此处的心理是羡慕嫉妒恨的典型表现，可笑又可怜。

❶照应

与“直到开彩那天，大家谁也没睡好觉……”一段相呼应，极具讽刺性。“我”虽破财，却尽了责任心，于是睡了踏实的好觉，与同是发起人的二姐形成对比。

中有点发堵。

六彩七彩也登出来了，还是没咱们的事，这才想起对尾子，连尾子都和我们开玩笑，我们的是个“三”，大奖的偏偏是个“二”。没办法！

二姐和我是发起人呀！三姥姥向我们俩要索她的五分。没法不赔她。赔了她，别人的二角也无意虚掷。二姐这两天生病，她就是有这个本事，心里一想就会生病。剩下我自己打发大家的二角。打发完了，二姐的病也好了，[①]我呢，昨天夜里睡得很清甜。

原载1933年9月1日《论语》第24期

精华赏析

本文是一篇小说，使用第一人称来叙事，便于进行情感抒发和心理描写，好像文中所述都是作者的所见所闻所感，增强真实感。

延伸思考

1. 梳理“我们”买彩票的心理变化过程并简析其作用。

2. 文中的“我”是一个怎样的人？

3. 你对彩票有什么看法？

相关链接

王瞎子占卜可以变卦，见风使舵地投要占卜人所好；“我”打了坏卦可以不算数另来，都是作者幽默的讽刺，表现出老舍先生对封建迷信的批判。

抬头见喜

名师导读

《北京的春节》中的新年热闹、喜庆、隆重，《抬头见喜》中的新年于作者却是“最热闹，也最没劲”，细读文章，方能体味作者处在人生苦境中的悲凉。

对于时节，我向来不特别的注意。拿清明说吧，上坟烧纸不必非我去不可，又搭着不常住在家乡，所以每逢看见柳枝发青便晓得快到了清明，或者是已经过去。对重阳也是这样，生平没在九月九登过高，于是重阳和清明一样的没有多大作用。

端阳，中秋，新年，三个大节可不能这么马虎过去。即使我故意躲着它们，账条是不会忘记了我的。[1] 也奇怪，一个无名之辈，到了三节会有许多人惦记着，不但来信，送账条，而且要找上门来！

设若故意躲着借款，着急，设计自杀等等，而专讲三节的热闹有趣那一面儿，我似乎是最喜爱中秋。“似乎”，因为我实在不敢说准了。幼年时，中秋是个很可喜的节，要不然我怎么还记得清清楚楚那些“兔儿爷”的样子呢？有“兔儿爷”玩，

❶反语

“惦记”并不是情感上的关心牵挂，而是“催债”的代名词，是一种幽默的自嘲。各种催债形式写出了作者三节时尴尬、艰难的处境。

这个节必是过得十二分有劲。可是从另一方面说，至少有三次喝醉是在中秋；酒入愁肠呀！所以说“似乎”最喜爱中秋。

事真凑巧，这三次“非杨贵妃式”的醉酒我还都记得很清楚。那么，就说上一说呀。第一次是在北平，我正住在翊教寺一家公寓里。好友卢嵩庵从柳泉居运来一坛子“竹叶青”。又约来两位朋友——内中有一位是不会喝的——大家就抄起茶碗来。[①]坛子虽大，架不住茶碗一个劲进攻；月亮还没上来，坛子已空。干什么去呢？打牌玩吧。各拿出铜元百枚，约合大洋七角多，因这是古时候的事了。第一把牌将立起来，不晓得——至今还不晓得——我怎么上了床。牌必是没打成，因为我一睁眼已经红日东升了。

❶拟人、侧面描写

使用拟人的修辞写茶碗进攻酒坛，生动形象地从侧面写出了我和友人不停地喝酒，并为下文醉得不省人事作了铺垫。

第二次是在天津，和朱荫棠在同福楼吃饭，各饮绿茵陈二两。吃完饭，到一家茶肆去品茗。我朝窗坐着，看见了一轮明月，我就吐了。这回决不是酒的作用，毛病是在月亮。

第三次是在伦敦。那里的秋月是什么样子，我说不上来——也许根本没有月亮其物。中国工人俱乐部里有多人凑热闹，我和沈刚伯也去喝酒。我们俩喝了两瓶葡萄酒。酒是用葡萄还是葡萄叶儿酿的，不可得而知，反正价钱很便宜；我们俩自古至今总没作过财主。喝完，各自回寓所。[②]一上公众汽车，我的脚忽然长了眼睛，专找别人的脚尖去踩。这回可不是月亮的毛病。

❷拟人、侧面描写

脚是不会长眼睛的，更别说找别人脚踩了。这里又是从侧面写“我”的醉态：不自主的东倒西歪，根本无法正常行走的样子。

对于中秋，大致如此——无论如何也不能说它坏。就此打住。

至若端阳，似乎可有可无。粽子，不爱吃。城隍爷现在也不出巡；即使再出巡，大概也没有跟随着走几里路的兴趣。樱桃真是好东西，可惜被黑白桑葚给带累坏了。

新年最热闹，也最没劲，我对它老是冷淡的。自从一记事儿起，家中就似乎很穷。爆竹总是听别人放，我们自己是静寂无哗。记得最真的是家中一张《王羲之换鹅》图。每逢除夕，母亲必把它从个神秘的地方找出来，挂在堂屋里。姑母就给说那个故事；到如今还不十分明白这故事到底有什么意思，只觉得“王羲之”三个字倒很响亮好听。后来入学，读了《兰亭序》，我告诉先生，王羲之是在我的家里。

长大了些，记得有一年的除夕，大概是光绪三十年前的一二年，母亲在院中接神，[1]雪已下了一尺多厚。高香烧起，雪片由漆黑的空中落下，落到火光的圈里，非常的白，紧接着飞到火苗的附近，舞出些金光，即行消灭；先下来的灭了，上面又紧跟着下来许多，像一把“太平花”倒放。我还记着这个。我也的确感觉到，那年的神仙一定是真由天上回到世间。

❶景物描写、比喻

雪花、火光、交融时的金光，渲染了圣洁而庄重的氛围。“太平花”的比喻既写出了景物的美丽，又传达出平安康乐的美好愿望。

中学的时期是最忧郁的，四五个新年中只记得一个，最凄凉的一个。那是头一次改用阳历，旧历的除夕必须回学校去，不准请假。姑母刚死两个多月，她和我们同住了三十年的样子。她有时候很厉害，但大体上说，她很爱我。哥哥当差，不能回来。家中只剩母亲一人。我在四点多钟回到家中，母亲并没有把“王羲之”找出来。吃过晚饭，我不能不告诉母亲了——我还得回校。她愣了半天，没说什么。我慢慢的走出去，她跟着走到街门。摸着袋中的几个铜子，我不知道走了多少时候，才走到学校。路上必是很热闹，可是我并没看见，我似乎失了感觉。到了学校，学监先生正在学监室门口站着。他先问我：“回来了？”我行了个礼。[2]他点了点头，笑着叫了我一声：“你还回去吧。”这一笑，永远印在我心中。假如我将来死后能入天堂，我必把这一笑带给上帝去看。

❷细节描写

在最为凄凉的除夕，学监先生的笑给了我心理上的温暖和安慰。这一笑，有对“我”的尊重，有师者对“我”的关爱。

我好像没走就又到了家，母亲正对着一枝红烛坐着呢。她的泪不轻易落，她又慈善又刚强。见我回来了，她脸上有了笑容，拿出一个细草纸包儿来：“给你买的杂拌儿，刚才一忙，也忘了给你。”母子好像有千言万语，只是没精神说。早早的就睡了。母亲也没精神。

中学毕业以后，新年，除了为还债着急，似乎已和我不发生关系。我在哪里，除夕便由我照管着哪里。别人都回家去过年，

❶点题 照应文章题目，“抬头见喜”只是作者的幻觉，与过去的苦境形成强烈反差，体现出作者积极的人生态度以及看淡了生活的苦乐悲欢的心态。

我老是早早关上门，在床上听着爆竹响。平日我也好吃个嘴儿，到了新年反倒想不起弄点什么吃，连酒也不喝。在爆竹稍静了些的时节，我老看见些过去的苦境。可是我既不落泪，也不狂歌，[①]我只静静的躺着。躺着躺着，多咱烛光在壁上幻出一个“抬头见喜”，那就快睡去了。

原载1934年1月《良友》（画报）第4卷第8期

精华赏析

中秋的酒入愁肠，春节的冷淡忧郁，老舍先生把这些底层平民生活苦境化为幽默戏谑的文字，于淡然达观中让我们回味思索人生。

延伸思考

1.“我似乎是最喜爱中秋”中“似乎”一词有什么表达作用？

2.文中的母亲是一个怎样的形象？

3.简析本文的语言特点。

相关链接

“兔儿爷”源自明代，于中秋节被北京城百姓供奉。清末时成了祭品兼儿童玩具，形式多样，寓意美好。现已是北京非物质文化遗产之一。2010年，“兔儿爷”成为北京中秋节形象大使。

有声电影

名师导读

看电影，应是准时入场，无声观看，看后享受放松。而她们，却是中途入场，喧哗至终，不知所看。她们，本身就是一场让人忍俊不禁的电影。

二姐还没有看过有声电影。可是她已经有了一种理论。在没看见以前，先来一套说法，不独二姐如此，有许多伟人也是这样；①此之谓“知之为知之，不知为知之”也。她以为有声电影便是电机答答之声特别响亮而已。要不然便是当电人——二姐管银幕上的英雄美人叫电人——互相巨吻的时候，台下鼓掌特别发狂，以成其“有声”。她确信这个，所以根本不想去看。本来她对电影就不大热心，每当电人巨吻，她总是用手遮上眼的。

❶引用

引用孔子“知之为知之，不知为不知”的名言，但后半句反其本意，幽默地写出二姐的人物形象，增加文章艺术效果。

但据说有声电影是有说有笑而且有歌。她起初还不相信，可是各方面的报告都是这样，她才想开开眼。

二姥姥等也没开过此眼，而二姐又恰巧打牌赢了钱，于是大请客。二姥姥三舅妈，四姨，小秃，小顺，四狗子，都在被请之列。

二姥姥是天一黑就睡，所以决不能去看夜场；大家决定午时出发，看午后两点半那一场。看电影本是为开心解闷，所以十二点动身也就行了。要是上车站接个人什么的，二姐总是早去七八小时的。那年二姐夫上天津，二姐在三天前就催他到车站去，恐怕临时找不到座位。

早动身可不见得必定早到；要不怎么越早越好呢。说是十二点走哇，到了十二点三刻谁也没动身。①二姥姥找眼镜找了一刻来钟；确是不容易找，因为眼镜在她自己腰里带着呢。跟着就是三舅妈找钮子，翻了四只箱子也没找到，结果是换了件衣裳。四狗子洗脸又洗了一刻多钟，这还总算顺当；往常一个脸得至少洗四十多分钟，还得有门外的巡警给帮忙。

❶排比　以排比的修辞极力描绘出看电影出发前的各种磨蹭，表现她们对看电影的隆重对待，与后文的“看”形成对比，幽默而讽刺。

出发了。走到巷口，一点名，小秃没影了。大家折回家里，找了半点多钟，没找着。大家决定不看电影了，找小秃是更重要的。把新衣裳全脱了，分头去找小秃。正在这个当儿，小秃回来了；原来他是跑在前面，而折回来找她们。好吧，再穿好衣裳走吧，巷外有的是洋车，反正耽误不了。

二姥姥给车价还按着现洋换一百二十个铜子时的规矩，多一个不要。这几年了，她不大出门，所以老觉得烧饼卖三个大铜子一个不是件事实，而是大家欺骗她。现在拉车的三毛两毛向她要，也不是车价高了，是欺侮她年老走不动。她偏要走一个给他们瞧瞧。这一挂劲可有些“憧憬”：她确是有志向前迈步，不过脚是向前向后，连她自己也不准知道。四姨倒是能走，可惜为看电影特意换上高底鞋，似乎非扶着点什么不敢抬脚。她假装过去搀着二姥姥，其实是为自己找个靠头。不过大家看得很清楚，要是跌倒的话，这二位一定是一齐倒下。②四狗子和小秃们急得直打蹦。

❷动作描写　“打蹦”这一动作形象地写出了四狗子和小秃着急的状态和程度，与上文“原来他是跑在前面，而折回来找她们”相照应，从侧面突出二姥姥和四姨行动的缓慢。

总算不离，三点一刻到了电影院。电影已经开映。这当然是电影院不对；难道不晓得二姥姥今天来么？二姐实在觉得有骂一顿街的必要，可是没骂出来，她有时候也很能“文明”一气。

既来之则安之，打了票。一进门，小顺便不干了，怕黑，黑的地方有红眼鬼，无论如何也不能进去。二姥姥一看里面黑洞洞，以为天已经黑了，想起来睡觉的舒服；她主张带小顺回家。要是不为二姥姥，二姐还想不起请客呢。谁不知道二姥姥已经是土埋了半截的人，不看回有声电影，将来见阎王的时候要是盘问这一层呢？大家开了家庭会议。不行，二姥姥是不能走的。至于小顺，好办，买几块糖好了。吃糖自然便看不见红眼鬼了。事情便这样解决了。四姨搀着二姥姥，三舅妈拉着小顺，二姐招呼着小秃和四狗子。①前呼后应，在暗中摸索，虽然有看座的过来招待，可是大家各自为政的找座儿，忽前忽后，忽左忽右，离而复散，分而复合，主张不一，而又愿坐在一块儿。直落得二姐口干舌燥，二姥姥连喘带嗽，四狗子咆哮如雷，看座的满头是汗。观众们全忘了看电影，一齐恶声的“吃——”，但是压不下去二姐的指挥口令。二姐在公共场所说话特别响亮，要不怎样是“外场”人呢。

直到看座的电棒中的电已使净，大家才一狠心找到了座。不过，还不能这么马马虎虎地坐下。大家总不能忘了谦恭呀，况且是在公共场所。二姥姥年高有德，当然往里坐。可是二姥姥当着四姨怎肯倚老卖老，四姨是姑奶奶呀；而二姐又是姐姐兼主人；而三舅妈到底是媳妇，而小顺子等是孩子；一部伦理从何处说起？②大家打架似的推让，甚至把前后左右的观众都感化得直喊叫老天爷。好容易大家觉得让的已够上相当的程度，一齐坐下。可是小顺的糖还没有买呢！二姐喊卖糖的，真喊得有劲，连卖票的都进来了，以为是卖糖的杀了人。

糖买过了，二姥姥想起一桩大事——还没咳嗽呢。二姥姥一阵咳嗽，惹起二姐的孝心，与四姨三舅妈说起二姥姥的后事来。老人家像二姥姥这样的，是不怕儿女当面讲论自己的后事，而且乐意参加些意见，如“别的都是小事，我就是要个金九连环。也别忘了糊一对童儿！”这一说起来，还有完吗？一桩套着一桩，

读书笔记

❶语体混搭

既有书面语，又有口语，亦庄亦谐，幽默风趣地活画出众人互相推让的找座情形。长短句错落有致，读起来琅琅上口。

❷反语

“感化”褒义词贬用，在这里是“抱怨”“反感”的意思，写出了观众们对二姐她们扰乱公共秩序的强烈不满，具有讽刺意味。

一件联着一件，说也奇怪，越是在戏馆电影场里，家事越显着复杂。大家刚说到热闹的地方，忽，电灯亮了，人们全往外走。二姐喊卖瓜子的；说起家务要不吃瓜子便不够派儿。看座的过来了，“这场完了，晚场八点才开呢。”

大家只好走吧。一直到二姥姥睡了觉，二姐才想起问三舅妈：“有声电影到底怎么说来着？”三舅妈想了想：“管它呢，反正我没听见。”还是四姨细心，她说她看见一个洋鬼子吸烟，还从鼻子里冒烟呢，①“电影是怎样作的，多么巧妙哇，鼻子冒烟，和真的一样，你就说。”大家都赞叹不已。

①语言描写 大家看了等于没看，却都赞叹不已，喜剧式的结局折射出当时二姐她们面对新事物的态度，表现了她们守旧的自我满足。

原载 1933 年 11 月 16 日《论语》第 29 期

精华赏析

作者使用排比、反语等修辞和多种描写方法把看电影的众人刻画得活灵活现，让读者如见其人、如闻其声。

延伸思考

1. 本文的标题有什么含义？
2. 大家找到座位为什么还不坐下？
3. 作者对二姐等人持什么态度？

相关链接

二姐她们看电影的过程的确可笑，但她们可以为了找小秃放弃期盼已久的电影，结束后又先照顾二姥姥去睡觉，这些无不闪耀着中华民族优秀传统的光芒。

新年的二重性格

名师导读

新年，阖家团圆、普天同庆的喜庆时刻，但对于欠债的人家始终是蒙着忧愁的。本文就详细描述了新年时喜与忧的二重性格。

一想到新年，不知怎么心里就要喜欢一下，同时又有点胆战心惊：好像是一则以喜，一则以忧的味儿。喜的什么呢？很难说；大概是一种遗传病，到了新年总得喜欢。忧，这个很简单，怕讨债的。这是新年的二重性格。

①想个什么法儿，能把这二重性格改成一重呢？我不算不聪明，我曾把极不一致的道理设法调和起来，如把一元论和二元论改为“一元半论”，可是我想不出法儿使新年只有喜，而无忧。

❶设问 任何一个人都愿有喜无忧，作者也不例外，由此引出下文四个无效办法的叙述，让人在阅读中思考，在思考中深切感受作者的悲苦。

幽默也不行，讨债的人好像最不懂幽默。你越说轻松可笑的话，他越跟你瞪眼。他非看见钱不笑。你要跟他瞪眼呢，那就更糟，他似乎和巡警是亲戚，一招呼就来。

似乎根本不应当借债。没有亏空，到了新年自然是高高兴兴；新年本来应该高高兴兴。可是有一层，不借债在理论上是很好喽，实际上作得到么。[①]假如有一天两手空空，肚子乱叫，你怎办？为求新年的无忧而一定不去借钱，你就活不到新年了。这个不能不算计好了。为过新年而先把命丧了，幽默倒还幽默，可是犯得着这么幽默吗？圣人有云，好死不如赖活着。这是句有味儿的话。

❶设问

作者以自问自答的方式形象地描述了生活穷困到了除了借钱无路可走的地步，指出不借钱就意味着生命的结束。幽默中饱含底层平民的辛酸无奈。

有债随时还，不要都积到新年，似乎是个好方法。可是谁有这份能力呢。今天借了，明天还上，那满可以不借。借，就是因为有个长期间不还的享受，于是一压便压到新年。谁也没想到新年来得这么快！

取消新年呢，照样的不是办法。你自己取消了新年，新年还是到时候就来。债权者即便健忘，说什么也忘不了新年讨债。

说来说去还是没办法。如果非把新年的二重性格减去一重不可，似乎只好减去“喜”的那一面。在新年的前半月，就应当皱上眉头，表示无论如何也不喜。那么，讨债的到了家门，自然视若无物。假若他看不出你的眉头是自杀的标志，你满可以当着他的面上一回吊。这倒许引起他的幽默，而展限到端阳节再说。若是他不肯这么办呢，你上吊就完了，反正你已经承认新年是有忧无喜，生死还有什么多大的关系。这似乎不像仁者之言，可是世界就这个样，有什么好办法呢？[②]好死不如赖活着；到了要命的关头，也就无法。

❷反复、照应

与第四段形成间接反复与照应，幽默的调侃中再次突出作者的无奈辛酸。“赖活”虽委屈、卑微，但一切美好的希望才会存在，才可能实现。

原载1934年1月1日《申报·自由谈》

精华赏析

聪明如老舍先生，也无法在新年中去忧留喜。即便如此，他也在幽默的自嘲中把艰难的日子度过，令人敬佩折服。

延伸思考

1. 作者想了哪几种办法把二重性格改为一重？

2. 你如何理解作者的欠债不还？

3. 文章折射出当时怎样的社会现实？

相关链接

人在困境中要有生存的欲望和勇气，老舍先生在举债中度过艰难时刻，才成就了伟大的“人民艺术家”。我们要坚信：活着，一切皆有可能！

大发议论

名师导读

民国建立后，有了国历新年。老舍先生便生活在这个新旧交替的时代，并对国历新年和家历新年有自己独到的见解。

过年是一种艺术。咱们的先人就懂得贴春联，点红灯，换灶王像，馒头上印红梅花点，都是为使一切艺术化。爆竹虽然是噪音，但“灯儿带炮”便给声音加上彩色，有如感觉派诗人所用的字眼儿。盖自有史以来，中国人本是最艺术的，其过年比任何民族都更复杂，热闹，美好，自是民族之光，亦理所当然。

①以烹调而言，上自龙肝凤肺，下至姜蒜大葱，无所不吃，且都有奇妙的味道。拿板凳腿作冰激凌，只要是中国人做的，给欧西的化学家吃，他也得莫名其妙，而连声夸好；即使稍有缺点，亦不过使肚子微痛一阵而已。吃了老鼠而再吃猫，既不辨其为鼠为猫，且不在肚中表演猫捕鼠的游戏，是之谓巧夺天工。烹调的方法既巧夺天工。新年便没法儿不火炽，没法儿不是艺术的。一碗清汤，两片牛肉，而后来个硬凉苹果，如西洋红毛鬼子的办法，只足引起伤心，哪里还有心肠去快活。反之，

①骈散结合

“上自”“下至”两个半句写烹调食材，形式上构成对偶，其他为散句，显得错落有致，读起来和谐悦耳。

[①] 酒有茵陈玫瑰和佛手露，佐以蜜饯果儿——红的是山楂糕，绿的是青梅，黄的是桔饼，紫的是金丝蜜枣，有如长虹吹落，碎在桌上，斑斑块块如灿艳群星，而到了口中都甜津津的，不亦乐乎！加以八碟八碗，或更倍之，各发异香，连冒出的气儿都婉转缓腻，不像馒头揭锅，热气立散；于是吃一看二，咽一块不能不点点头，喝一口不能不咂咂嘴；或汤与块齐尝，则顺流而下，不知所之，岂不快哉！脑与口与肚一体舒畅，宜乎行令猜拳，吃个七八小时也。这是艺术。做得艺术，吃得艺术，于是一肚子艺术，而后题诗壁上，剪烛梅前，入了象牙之塔，出了象牙之狗，美哉新年也！

这不过略提了提“吃”，已足使弱小民族垂涎三尺，而万国来朝。至若吃饱喝足，面色微紫，或看牌，或掷骰，或顶牛，勾心斗角，各运心思，赢了微笑，输急才骂“妈的”；至若穿新衣，逛花灯，看亲戚，接姑奶奶与小外甥……[②] 只好从略，只好从略，以免六国联军又打天津。因羡生妒，至蛮不讲理，往往有之。

到了现在，过年的艺术不但在质上，就是在量上，也正在迈进。以次数说，新年起码有两个，增多了一倍。活个七老八十，而能过一百好几十次新年，正是：五风十雨皆为瑞，一岁双年总是春。

人生七十古来稀，到而今，活五十岁而过一百次年，活不到七十也没多大关系了。这顺手儿就解决了人口过剩问题，因为活到四五十岁，已经过了一百来回年，在价值上总算过得去了；那么，五十多而仍不死，就满可以立下遗嘱，而后把自己活埋了。不过，这是附带的话；如不愿活埋呢，也无须一定这么办，活着也好。书归正传：两个新年，先过国历新年，然后再过“家历”新年。[③] 二者之间隔着那么几十天，恰好藕断丝连，顾此而不失彼，是诗意的跌宕，是艺术的沉醉，是电影的广告！前前后后三个来月，甚至于可以把冬至的馄饨接上端阳的粽子，而后紧跟着去到青岛避暑。天哪，感谢你使我们生活在中国！

❶排比、比喻

蜜饯果儿各式各样，各种口味，单读文字就已让人口舌生津了；视觉上又美如灿星，这真是色形味俱全，难怪作者称之为艺术。

❷反复

幽默地写出中华新年传统中的美好事物与风俗不胜枚举，之所以略而不写，是怕引起外国嫉妒侵略，讽刺了六国联军侵略天津的恶劣行径。

❸排比

国历新年和“家历”新年相继而过，国历年的尾声接上“家历”年的开端，的确不失为一件美事。

可是，人心不同，也有不这样看的。记得去年在我们镇上，铺户都在“家历”新年关上了门。[①]小徒弟们在铺内敲锣打鼓，掌柜们把脸喝得怪红。邻家二大妈一向失于修饰，也戴上了朵小红绢石榴花。私塾中的学童们把《三字经》等放在神龛后面，暂由财神奶奶妥为照管。洋学堂的秀才们也回来凑热闹，过了灯节还舍不得走。这本是为艺术而艺术，并没有什么说不过去的地方。哪知道，镇上有位爱国志士发了议论：爱国的人应当遵守国历；再说，国历是最科学的。

❶叙述

作者在这里讲述了“家历”新年时各行业的热情和热闹，表现出炎黄子孙对传统新年的重视和热爱，为下文爱国志士的议论作铺垫。

我也说了话。我既也是镇上的圣人之一，自然不能增他人的锐气而减自己的威风。你看，大家听了志士的议论，虽然过年如故，可是心中有点不自在。我们镇上的人向来不提倡仇货；也不赞成妇女放脚，因为缠脚是更含有国货的意味。他们不甘于作不爱国的人，但是，他们没话反攻，而爱国志士就鼻孔朝天的得意起来。我不能不开口了！我说：过年是种艺术，谈不到科学；谁能在除夕吃地质学，喝王水，外加安米尼亚？再说，国历是科学的，连洋鬼子都知道，难道堂堂的天朝选民就不晓得？二月是二十八天，正合二十八宿，中西正是一理，不过，科学是日新月异的，将来一高兴，也许二月剩八天，巧合八卦图，而十二月来上五六十来天！[②]再说，家历月月十五有圆月，而国历月月十五有圆太阳，阳胜于阴，理当乾纲大振，大家不怕老婆。可惜，圆月之外还有新月半月等等，而太阳没有出过太阳牙。

❷对比

按国历来讲是大家不怕老婆，而当时的情况是怕老婆，这在《新年醉话》中有生动描述，从反面证明国历有缺点。家历的新月半月对比国历的无太阳牙也是对国历的否定，体现出一种幽默的讽刺。

连邻家二大妈也听出我这一套是暗含讥讽，马上给我送过来一大盘年糕；虽然我看出糕的一角似被老鼠啃去，也还很感激她。她的话比年糕的价值还大。她说：八月十五云遮月，正月十五雪打灯。假如十五没月亮，这两句古语从何应验？还有，腊月三十要是出了圆月，咱们是过年好呢，还是拜月好呢？二大妈的话实在有理。于是设法传到爱国志士耳中，省得叫他目空一切。二大妈至少比他多吃过二三十年的年糕，这不是瞎说的。

他似乎也看出八月十五云遮月的重要，可是仍然不服气。他带着讽刺的味儿说：为什么不可以把吃喝玩乐都放在国历新年；莫非是天气不够冷的？

我先回答了他这末一句。对于此点我更有话说。过去的经验不定在什么时候就会大有用处；你看，我恰巧在南洋过过一次年。在那里，元旦依然是风扇与冰激凌的天气。[①]大家赤着脚，穿着单衫，可是拼命地放爆竹，吃年糕，贴对子，买牡丹，祭财神。天气和六月里一样，而过年还是过年。这不是冷不冷的问题。冷也得过年，热也得过年，过年是种艺术，与寒暑表的升降无关。

①场景描写

描绘了中国人在南洋过年的情形，让人感受到海外华侨浓浓的家国情思，体现着华侨对中华民族文化的自豪感和归属感。

至于为什么不把吃喝玩乐都放在国历新年，他是只知其一，不知其二。为表示爱国，为表示科学化，我们都应当遵守国历；国历国科国学国民等等本来自成一系统。严格地说，一个国民而不欢欢喜喜的过下儿国历新年，理当斩首，号令国门。可是有一层，人当爱国，也当爱家。齐家而后能治国；试看古今多少英雄豪杰，哪个不是先把钱搂到家中，使家族风光起来，而后再谈国事？因此，国历与家历应当两存；到爱国的时候就爱国，到爱家的时候便爱家，这才称得起是圣之时者。你真要在家历新年之际，三过其门而不入，留神尊夫人罚你跪下顶灯三小时；大冷的天，不是玩的！这不是要哪个与不要哪个的问题，也不是哪个好与哪个坏的问题，而是应当下一番功夫去研究怎样过新新年，与怎样过旧新年。二者的历史不同，性质不同，时间不同，种类不同，所以过法也得不同。[②]把旧艺术都搬到新节令上来，不但是显着驴唇不对马嘴，而且是自己剥夺了生命的享受。反之，顺着天时地利与人和，各有各的办法，各有各的味道，才能算作生活的艺术。

②巧用成语、比喻

“驴唇不对马嘴”既是对“把旧艺术搬到新节令”的评价，也是对它的比喻，形象生动而又幽默地说明了这种做法是错误的。

以国历新年说吧。过这个年得带洋味，因为它是洋钦天监给规定的。在这个新年，见面不应说“多多发财”，而须说“害怕扭一耳”[1]。非这么办不可，你必须带出洋味，以便别于家历新年。该新则新，该旧则旧，这一向是我们的长处。你自己穿洋服去跳舞，而叫小脚夫人在家中啃窝窝头，理当如此。过年也是这样。那么，① 过国历新年，应在大街上高搭彩牌，以示普天同庆。大家到大饭店去喝香槟。然后，去跳舞一番，或凑几个同志打打微高尔夫。约女朋友看看电影，或去听听西洋音乐，吃些块奶油巧古力，也不失体统。若能凑几个人演一出三幕戏，偏请女客为自己来鼓掌，那更有意思。不必去给父亲拜年，你父亲自然会看到你在报纸上登的贺年小广告。可是见着父亲的时候别忘了说“害怕扭一耳”。你应当作一身新洋服。总之，你要在这个时节充分的表现出来，你是爱国，你懂得新事，你会跳舞，你会溜冰。这个年要过得似乎是洋鬼子，又不十分像；不像吧，又像。这也是一种艺术。若以酒类作喻，这是啤酒。虽然是酒，可又像汽水。拿准这个尺寸，这个新年正大有滋味，你要是不过它一下，你便永远摸不清个人与世界的关系。说到这儿，你顶好给美国总统写个贺年片，贴足邮票寄去。他要是不回拜的话，那是他的错儿，你居心无愧。

❶叙述

作者讲述了国历新年的具体过法，体现出国历新年“洋”的特点。与上文过家历新年的情景形成呼应与对比。

这么过了一个年，然后再等过那一个，艺术上的对照法。② 一个是浪漫的，摩登的，香槟与裸体美人的；一个是写实的，遗传的，家长里短的。你身过二年，胃收百味，是沟通东西文化的活水，是香槟与陈绍的产儿，是一切的一切！

❷对比

将国历年与家历年不同的艺术特点进行对比：国历年现代、新潮、重享受；家历年传统、淳朴、重社会伦理。两者各具特色，体现出作者的辩证思维。

应当再说怎过旧新年。不过，你早就知道。只须告诉你一句：无论是在哪个新年，总不应该还债。还有一句——只是一句了——在旧新年元旦出门，必先看好喜神是在哪一方；国历新年则不受此限制，你拿着顶出来也好。

爱国志士听了这一番高论，茅塞一顿一顿的都开了，托二

注释

[1] 英语 Happy New Year（新年好）的谐音。

大妈来约我去打几圈小麻雀，[1] 遂单刀赴会焉。

原载1934年2月16日《论语》第35期

❶用典

把自己赴爱国志士的邀约说成是“关羽单刀赴会”，表现出辩论得胜的自得和一种英雄豪气。

精华赏析

爱国志士是个激进的现代派，所以全力推崇国历新年。作者则理智客观，能辩证地看待国历新年和家历新年，洋洋洒洒地完美辩驳并取得了胜利。

延伸思考

1. 家历新年的艺术体现在哪几方面？

2. 为什么说“为活到四五十岁，已经过了一百来回年”？

3. 简述作者如何批驳爱国志士。

相关链接

实施中国传统节日振兴工程，丰富传统节日文化内涵，是时代和国家的要求，有利于提高传统文化的魅力，增强文化自信，而对于洋节我们应辩证对待。

神的游戏

名师导读

写作对于老舍先生来说当是驾轻就熟、得心应手，可这位大文学家却称戏剧的创作是“神的游戏”，其难度之大可见一斑。

戏剧不是小说。假若我是个木匠；我一定说戏剧不是大锯。由正面说，戏剧是什么，大概我和多数的木匠都说不上来。对戏剧我是头等的外行。

可是，我作过戏剧。①这只有我和字纸篓知道。看别人写戏，我也试试，正如看别人下海，我也去涮涮脚。原来戏剧和小说不是一回事。这个发现，多少是恼人的。

❶拟人 将纸篓拟人化，生动地写出作者创作戏剧时写、扔，写、扔的反复修改情形，与下文“字纸篓里增多了两三张纸”相照应，体现出戏剧创作之难。

“小说是袖珍戏园”。不错。连卖瓜子的打手巾把的都有地位。形容那位睡着了的观客，和他的梦，都无所不可。一出戏，非把卖瓜子的逐出去不可，那位作梦的先生也该枪毙。戏剧限于台上加点玩艺，而且必定不许台下有人睡觉。一些布景，几个人，说说笑笑或哭哭啼啼，这要使人承认是艺术；天哪，难死人也，景片的绳子松了一些，椅子腿有点活动，都不在话下；她一个劲儿使人明白人生，认识生命，拿揭显代替形容，拿吵嘴当作说理，这简直不可能。可是真有会干这个的！

设若戏剧是“一个”人的发明，他必是个神。小说，二大妈也会是发明人。从头说起吧。立意有了，人物，地点，时间，也都有了，这不应很乐观么？是。① 于是提起笔来，终于放下，让谁先出来呢？设若是小说，我就大有办法。我能叫一混成旅一齐出来，也能叫一个人没有而大讲秋天的红叶。戏剧家必是个神，他晓得而且毫不迟疑的怎样开始。他似乎有件法宝，一祭起便成了个诛仙阵，把台下的观众灵魂全引进阵去。并且是很简单呀，没有说明书，没有开场词，没有名人的介绍；一开幕便单摆浮搁的把阵式列开，一两个回合便把人心捉住，拿活人演活人的事，而且叫台下的活人郑重其事的感到一些什么，傻子似的笑或落泪。这个本事是真本事，我只能使眼前的白纸老那么白着吧。请想，我面对面的，十二分诚恳的，给二大妈述说一件事，她还不能明白，或是不愿听；怎样将两个人放在台上交谈一阵，就使她明白而且乐意听呢？大概不是她故意与我作难，就是我该死。

勉强的打了个头儿。一开幕，一胖一瘦在书房内谈话，窗外有片雪景，不坏。胖子先说话，瘦子一边听一边看报。也好。谈了两三分钟，胖子和瘦子的话是一个味儿，话都非常的漂亮，只是显不出胖子是怎样个人，瘦子是怎么个人。把笔放下，叹气。

过了十分钟，想起来了。该上女角了。女角一露面，胖子和瘦子之间便起了冲突，一起冲突便有了人格。好极了。女角出来了。② 她也加入谈话，三个人说的都一个味儿，始终是白开水。她打扮得很好，长得也不坏，说话也漂亮；她是怎么个人呢？没办法。胖子不替她介绍，瘦子也不管详述家谱，她自己更不好意思自述。这位救命星原来也是木头的。字纸篓里增多了两三张纸。

天才不应当承认失败，再来。这回，先从后头写。问题的解决是更难写的；先解决了，然后再转回来补充，似乎更保险。

❶对比

写戏剧开头提笔又搁笔，真是万事开头难；写小说却大有办法，挥洒自如。作者将二者对比，道出戏剧创作着实伤脑筋。

❷比喻

把戏剧人物谈话比作白开水，生动形象地写出了人物语言平淡无味，不能体现出人物鲜明的个性，没有灵魂，缺乏打动人心的力量。

小说不必这样，因为无结果而散也是真实的情形。[1]戏剧必须先作茧，到末了变出蛾子来。是的，先出蛾子好了。反正事实都已预备好，只凭一写了。写吧。胖子瘦子和姑娘又都出来了。还是木头的。瘦子娶了姑娘，胖子饮鸩而死，悲剧呀。自己没悲，胖子没悲，虽然是死了！事实很有味儿，就是人始终没活着。胖子和瘦子还打了一场呢，白打，最紧张处就是这一打，我自己先笑了。

❶比喻

“作茧”指戏剧先要有人物出场，出现矛盾冲突并推向激化，也就是开端和发展。“蛾子”指戏剧的高潮和结局，也是最精彩的部分。

念两本前人的悲剧，找点诀窍吧。哼！事实不如我的奇，穿插不如我的巧，言语没有我的情，可是，也不是从哪找来的，前前后后，里里外外，有股悲劲萦绕回环，好似与人物事实平行着一片秋云，空气便是凉飕飕的。不是闹鬼；定是有神。这位神，把人与事放在一个悲的宇宙里。不知道是先造的人呢，还是先造的那个宇宙。[2]一切是在悲壮的律动里，这个律动把二大妈的泪引出来，满满的哭了两三天，泪越多心里越痛快。二大妈的灵魂已到封神台下去，甘心的等着被封为——哪怕是土地奶奶呢，到底是入了神界！

❷夸张、侧面描写

二大妈的哭有夸张的意味，从侧面表现出前人所写的悲剧有极强的感染力，深触人的情感与灵魂。与上文二大妈对“我”编写的剧情无动于衷照应对比，反映出“我”创作戏剧的失败。

我完了。神始终不照顾我。他不给我这点力量。我的眼总是迷糊，看不见那立体的一小块——其中有人有事有说有笑，一小块人生，一小块真理，一小块悲史，放在心里正合适，放在宇宙里便和宇宙融成一体，如气之与风。戏剧呀，神的游戏。木匠，还是用你的锯吧。

原载 1934 年 7 月 14 日《大公报 · 文艺副刊》

精华赏析

“我”尝试戏剧创作，事奇、穿插巧、语言漂亮，最终却失败于“人始终没活着”，以至于慨叹戏剧是神的游戏。其中有一点缘由是剧中人并未在虚拟世界中真正活过来。

延伸思考

1. 文章以“神的游戏”为题有什么好处？

2. 二大妈这个人物在文中起什么作用？

3. 你从作者的叙述中感受到戏剧有什么特点？

相关链接

作者创作戏剧失败，于是念前人的悲剧去找诀窍，体味到其中的妙处与魅力。故困而学，学而知不足，虽未成功，但已长进。

婆婆话

名师导读

钱钟书说婚姻是一座围城。婚姻不只属于爱情，它更属于一种社会经营，属于柴米油盐，属于伦理亲情，属于精神寄托……

一位友人从远道而来看我，已七八年没见面，谈起来所以非常高兴。一来二去，我问他有了几个小孩？他连连摇头，答以尚未有妻。他已三十五六，还作光棍儿，倒也有些意思；引起我的话来，大致如下：

我结婚也不算早，作新郎时已三十四岁了。[1] 为什么不肯早些办这桩事呢？最大的原因是自己挣钱不多，而负担很大，所以不愿再套上一份麻烦，作双重的马牛。人生本来是非马即牛，不管是贵是贱，谁也逃不出衣食住行，与那油盐酱醋。不过，牛马之中也有些性子刚硬的，挨了一鞭，也敢回敬一个别扭。合则留，不合则去，我不能在以劳力换金钱之外，还赔上狗事巴结人，由马牛调作走狗。这么一来，随时有卷起铺盖滚蛋的可能，也就得有些准备：积极的是储蓄俩钱，以备长期抵抗；

❶设问

自问自答，指出晚婚的主要原因是经济的压力，作者认为结婚会带给人双重负担。因而没有一定的经济基础是不肯结婚的。

消极的是即使挨饿，独身一个总不致灾情扩大。所以我不肯结婚，卖国贼很可以是慈父良夫，错处是只尽了家庭中的责任，而忘了社会国家。我的不婚，越想越有理。

及至过了三十而立，虽有桌椅板凳亦不敢坐，时觉四顾茫然。第一个是老母亲的劝告，虽然不明说：“为了养活我，你牺牲了自己，我是怎样的难过！”可是再说硬话实在使老人难堪；只好告诉母亲：不久即有好消息。①君子一言，驷马难追；一透口话，就满城风雨。朋友们不论老少男女，立刻都觉得有作媒的资格，而且说得也确是近情近理；平日真没想到他们能如此高明。还普遍而且最动听的——不晓得他们都是从哪儿学来的这一套？——是：老光棍儿正如老姑娘，独居惯了就慢慢养成绝户脾气——万要不得的脾气！一个人，他们说，总得活泼泼的，各尽所长，快活的忙一辈子。因不婚而弄得脾气古怪，自己苦恼，大家不痛快，这是何苦？这个，的确足以打动一个卅多岁，对世事有些经验的人！即使我不希望升官发财，我也不甘成为一个老别扭鬼。

那么经济问题呢？我问他们。我以为这必能问住他们，因为他们必不会因为怕我成了老绝户而愿每月津贴我多少钱。哼，他们的话更多了。第一，两个人的花销不必比一个人多到哪里去；第二，即使多花一些，可是苦乐相抵，也不算吃亏；第三，找位能挣些钱的女子，共同合作，也许从此就富裕起来；第四，就说她不能挣钱，而且多花一些，人生本来是经验与努力，不能永远消极的防备，而当努力前进。

说到这里，他们不管我相信这些与否，马上就给我介绍女友了。仿佛是我决不会去自己找到似的。可是，他们又有文章。恋爱本无须找人帮忙，他们晓得；②不过，在恋爱期间，理智往往弱于感情；一旦造成了将错就错的局面，必会将恩作怨，糟糕到底。反之，经友人介绍，旁观者清，即使未必准是半斤八两，到底是过了磅的有个准数。多一番理智的考

❶引用成语、比喻

“满城风雨”比喻我有了结婚的意愿，被广泛传播开来，有点人尽皆知的意味。朋友们开始各种劝说，为我操心张罗。

❷对比

自由恋爱多是情感冲动，当局者迷，易由爱生恨而关系破裂；由媒人介绍则是旁观者对两人状况的理智分析权衡，比较和谐稳定。写出中国婚姻的普遍形式。

核，便少一些感情的瞎碰。双方既都到了男大当娶，女大当聘之年，而且都愿结婚，一经介绍，必定郑重其事的为结婚而结婚，不是过过恋爱的瘾，况且结婚就是结婚；所谓同居，所谓试婚，所谓解决性欲问题，原来都是这一套。同居而不婚，也得两人吃饭，也得生儿养女；并不因为思想高明，而可以专接吻，不用吃饭！

我没了办法。你一言，我一语，说得我心中闹得慌。似乎只有结婚才能心静，别无办法。于是我就结了婚。

到如今，结婚已有五年，有了一儿一女。把五年的经验和婚前所听到的理论相证，倒也怪有个味儿。

第一该说脾气。不错，朋友们说对了：有了家，脾气确是柔和了一些。我必定得说，这是结婚的好处。打算平安的过活必须采纳对方的意见，阳纲或阴纲独振全得出毛病；①男女同居，根本需要民治精神，独裁必引起革命；努力于此种革命并不足以升官发财，而打得头破血出倒颇悲壮而泄气。彼此非纳着点气儿不可，久而久之都感到精神的胜利，凡事可以和平解决，夫妇而可成圣矣。

❶比喻

生动形象地写出夫妻双方要平等地拥有家庭管理权，家庭才能稳定和谐，而一方专权就会引起矛盾反抗。

这个，可并不能完全打倒我在婚前的主张：独身气壮，天不怕地不怕；结婚气馁，该瞅着的就得低头。我的顾虑一点不算多此一举。结了婚，脾气确是柔和了，心气可也跟着软下来。为两个人打算，绝不会像一人吃饱天下太平那么干脆。于是该将就者便须将就，不便挺起胸来大吹浩然之气，恋爱可以自由，结婚无自由。

朋友们说对了。我也并没说错。这个，请老兄自己去判断，假如你想结婚的话。

第二该说经济。②现在，如果再有人对我说，俩人花钱不见得比一人多，我一定毫不迟疑的敬他一个嘴巴子。俩人是俩人，多数加S，钱也得随着加S。是的，太太可以去挣钱，俩人比一人挣得多；可是花得也多呀。公园，电影场，绝不会有"太太免票"

❷动作描写

"敬他一个嘴巴子"表现出"我"情感上的愤怒，否定了"俩人花钱不见得比一人多"的说法，与前文相照应，颇有一种上当受骗的感觉。

的办法，别的就不用说了。及至有了小孩，简直的就不能再有什么预算决算，小孩比皇上还会花钱。太太的事不能再作，顾了挣钱就顾不了小孩，因挣钱而把小孩养坏，照样的不上算；好，太太专看小孩，老爷专去挣钱，小孩专管花钱，不破产者鲜矣。

自然小孩会带来许多快乐，作了父母的夫妻特别的能彼此原谅，而小胖孩子又是那么天真可爱。① 单单的伸出一个胖手指已足使人笑上半天。可是，小胖子可别生病；一生病，爸的表，娘的戒指，全得暂入当铺，而且昼夜吃不好，睡不安，不亚于国难当前。割割扁桃腺，得一百块！幸亏正是扁桃腺，这要是整个的圆桃，说不定就得上万！以我自己说，我对儿女总算不肯溺爱，可是只就医药费一项来说，已经使我的肩背又弯了许多。有病难道不给治么？小孩真是金子堆成的。这还没提到将来的教育费——谁敢去想，闭着眼瞎混吧！

有人会说喽，结婚之后顶好不要小孩呀。不用听那一套。我看见不少了，夫妻因为没有小孩而感情越来越坏，甚至去抱来个娃娃，暂时敷衍一下。② 有小孩才像家庭；不然，家庭便和旅馆一样。要有小孩，还是早些有的为是。一来，妇女岁数稍大，生产就更多危险；二来，早些有子女，虽然花费很多，可是多少能早些有个打算，即便计划不能实现，究竟想有个准备；一想到将来，便想到子女，多少心中要思索一番，对于作事花钱就不能不小心。这样，夫妇自自然然的会老成一些了，要按着老法子说呢，父母养活子女，赶到子女长大便倒过头来养活父母。假如此法还能适用，那么早有小孩，更为上算。假如父亲在四十岁上才有了儿子，儿子到二十的时候，父亲已经六十了；说不定，也许活不到六十的；即使儿子应用古法，想养活父亲，而父亲已入了棺材，哪能喝酒吃饭？

这个，朋友，假若你想结婚的话，又该去思索一番。娶妻需花钱，生儿养女需花钱，负担日大，肩背日弯，好不伤心；同时，结婚有益，有子也有乐趣，即使乐不抵苦，可是生命至少不显

❶细节描写

运用细节描写表现小孩的天真可爱，给父母带来了心理上的满足和情感上的愉悦，与下文因孩子生病而照顾到心力交瘁形成强烈反差，表明育孩之难。

❷对比

家庭是以婚姻和血统关系为基础的社会单位，所以孩子是血脉相连的存在，是情感的维系和延续。没有孩子，家庭便缺乏稳固的情感纽带，好像只是一个住所。通过对比强调要孩子的必要。

着空虚。如何之处，统希鉴裁！

❶对比……

图画与雕刻强调审美，那是艺术家的事儿，而普通人的婚姻就是柴米油盐的生活，因而普通人娶太太要看重品德体格。

至于娶什么样的太太，问题太大，一言难尽。不过，我看出这么点来：美不是一切。[①]太太不是图画与雕刻，可以用审美的态度去鉴赏。人的美还有品德体格的成分在内。健壮比美更重要。一位爱生病的太太不大容易使家庭快乐可爱。学问也不是顶要紧的，因为有钱可以自己立个图书馆，何必一定等太太来丰富你的或任何人的学问？据我看，结婚是关系于人生的根本问题的；即使高调很受听，可是我不能不本着良心说话，吃，喝，性欲，繁殖，在结婚问题中比什么理想与学问也更要紧。我并不是说妇人应当只管洗衣作饭抱孩子，不应读书作事。我是说，既来到婚姻问题上，既来到家庭快乐上，就乘早不必唱高调，说那些闲盘儿。这是个实际问题，是解决生命的根源上的几项问题，那么，说真实的吧，不必弄一套之乎者也。一个美的摆设，正如一个有学问的摆设，都是很好的摆设，可是未见得是位好的太太。假若你是富家翁呢，那就随便的弄什么摆设也好。不幸，你只是个普通的人，那么，一个会操持家务的太太实在是必要的。[②]假如说吧，你娶了一位哲学博士，长得也顶美，可是一进厨房便觉恶心，夜里和你讨论康德的哲学，力主生育节制，即使有了小孩也不会抱着，你怎办？听我的话，要娶，就娶个能作贤妻良母的。尽管大家高喊打倒贤妻良母主义，你的快乐你知道。这并不完全是自私，因为一位不希望作贤妻良母的满可以不嫁而专为社会服务呀。假如一位反抗贤妻良母的而又偏偏去嫁人，嫁了人又连自己的袜子都不会或不肯洗，那才是自私呢。不想结婚，好，什么主义也可以喊；既要结婚，须承认这是个实际问题，不必弄玄虚。夫妻怎不可以谈学问呢；可是有了五个小孩，欠着五百元债，明天的房钱还没指望，要能谈学问才怪！两个帮手，彼此帮忙，是上等婚姻。

❷对比、设问……

假设所娶太太的优点——有学问、漂亮，缺点——不做饭、不愿意要孩子、有了孩子也不照顾，两相比较得出普通人应娶贤妻良母的结论。

有人根本不承认家庭为合理的组织，于是结婚也就成为可笑之举。这，另有说法，不是咱们所要谈的。咱们谈的是结婚与组织家庭，那么，这套婆婆话也许有一点点用，多少的备你参考吧。

原载1936年9月5日《中流》创刊号

精华赏析

作者认为男大当婚，女大当嫁，结婚使人脾气柔和，使人的经济压力更大。结了婚有必要要小孩，娶妻则应娶贤妻良母。

延伸思考

1. 朋友们劝说我结婚的理由有哪些？

2. 家庭中有孩子的优缺点是什么？

3. 作者认为应娶什么样的太太？

相关链接

“两个帮手，彼此帮忙，是上等婚姻。”普通人的生活就是这样，好的婚姻是彼此信任、相互宽容、共同付出，是一种且行且珍惜的修行。

观画记

名师导读

老舍先生曾说："在穷苦中，偶尔能看到几幅好画，精神为之一振，比吃了一盘白斩鸡更有滋味！"先生不仅爱看画，看后还喜欢大发议论。

看我们看不懂的事物，是很有趣的；看完而大发议论，更有趣。幽默就在这里。怎么说呢？去看我们不懂得的东西，心里自知是外行，可偏要装出很懂行的样子。譬如文盲看街上的告示，也歪头，也动嘴唇，也背着手；及至有人问他，告示上说的什么，他答以正在数字数。这足以使他自己和别人都感到笑的神秘，而皆大开心。看完再对人讲论一番便更有意思了。譬如文盲看罢告示，回家对老婆大谈政治，甚至因意见不同，而与老婆干起架来，则更热闹而紧张。

❶照应

是作者幽默的自嘲和自谦，照应文章第一句话，引出下文观画的具体内容，激起读者的阅读兴趣。

新年前，我去看王绍洛先生个人展览的西画。济南这个地方，艺术的空气不像北平那么浓厚。可是近来实在有起色，书画展览会一个接着一个的开起来。王先生这次个展是在十二月二十三日到二十五日。①只要有图画看，我总得去看看。因为我对于图画是半点不懂，所以我必须去看，表示我的腿并不外行，能走到会场里去。一到会场，我很会表演。先在签到簿上写上姓名，写得个儿不小，以便引起注意而或者能骗碗茶喝。要作品目录，先数作品的号码，再看标价若干，而且算清价格的总积：假如作品都售出去，能发多大的财。我管这个叫作“艺术的经济”。然后我去看画。设若是中国画，我便靠近些看，细看笔道如何，题款如何，图章如何，裱的绫子厚薄如何。每看一项，或点点头，或摇摇首，好像要给画儿催眠似的。设若是西洋画，我便站得远些看，头部的运动很灵活，①有时为看一处的光线，能把耳朵放在肩膀上，如小鸡蹭痒痒然。这看了一遍，已觉有点累得慌，就找个椅子坐下，眼睛还盯着一张画死看，不管画的好坏，而是因为它恰巧对着那把椅子。这样死盯，不久就招来许多人，都要看出这张图中的一点奥秘。如看不出，便转回头来看我，似欲领教者。我微笑不语，暂且不便泄露天机。如遇上熟人过来问，我才低声的说：“印象派，可还不到后期，至多也不过中期。”或是：“仿宋，还好；就是笔道笨些！”我低声的说，因为怕叫画家自己听见；他听不见呢，我得唬就唬，心中怪舒服的。

❶比喻

将“我”把耳朵放在肩膀上看画的动作比作小鸡蹭痒痒，生动幽默地表现出我欣赏西洋画的独特方式，让人忍俊不禁。

其实，什么叫印象派，我和印度的大象一样不懂。我自己的绘画本事限于画“你是王八”的王八，与平面的小人。说什么我也画不上来个偏脸的人，或有四条腿的椅子。可是我不因此而小看自己；鉴别图画的好坏，不能专靠“像不像”；图画是艺术的一支，不是照相。②呼之为牛则牛，呼之为马则马；不管画的是什么，你总得“呼”它一下。这恐怕不单是我这样，有许多画家也是如此。我曾看见一位画家在纸上涂了几个黑蛋，而标题曰“群雏”。他大概是我的同路人。他既然能这么干，怎么我就不可以自视为天才呢？那么，去看图画；看完还要说说，是当然的。说得对与不对，我既不负责任，你干吗多管闲事？这不是很逻辑的说法吗？

❷文白相间

分号前为文言句子，分号后为白话，庄谐并生，增强了语言的幽默感，让人感到作者的率性可爱。

我不认识王绍洛先生。可是很希望认识他。他画得真好。我说好，就是好，不管别人怎么说。我爱什么，什么就好，没有客观的标准。“客观”，顶不通。你不自己去看，而派一位代表去，叫作客观；你不自己去上电影院，而托你哥哥去看贾波林，叫作客观；都是傻事，我不这么干。我自己去看，而后说自己的话；等打架的时候，才找我哥哥来揍你。

王先生展览的作品：油画七十，素描二十四，木刻七。在量上说，真算不少。对于木刻，我不说什么。不管它们怎样好，反正我不喜爱它们。大概我是有点野蛮劲，爱花红柳绿，不爱黑地白空的东西。我爱西洋中古书籍上那种绘图，因为颜色鲜艳。一看黑漆的一片，我就觉得不好受。①木刻，对于我，好像黑煤球上放着几个白元宵，不爱！有人给我讲过相对论，我没好意思不听，可是始终不往心里去；不论它怎样相对，反正我觉得它不对。对木刻也是如此，你就是说得天花乱坠，还是黑煤球上放白元宵。对于素描，也不爱看，不过瘾；七道子八道子的！

我爱那些画。特别是那些风景画。对于风景画，我爱水彩的和油的，不爱中国的山水。中国的山水，一看便看出是画家在那儿作八股，弄了些个起承转合，结果还是那一套。水彩与油画的风景真使我接近了自然，不但是景在那里，光也在那里，色也在那里，它们使我永远喜悦，不像中国山水画那样使我离开自然，而细看笔道与图章。这回对了我的劲，王先生的是油画。他的颜色用得真漂亮，最使我快活的是绿瓦上的那一层嫩绿——有光的那一块儿。他有不少张风景画，我因为看出了神，不大记得哪张是哪张了。我也不记得哪张太刺眼，这就是说都不坏，除了那张《汇泉浴场》似乎有点俗气。②那张《断墙残壁》很好，不过着色太火气了些；我提出这个，为是证明他喜欢用鲜明的色彩。他是宜于画春夏景物的，据我看。他能画得干净而活泼；我就怕看抹布颜色的画儿。

关于人物，《难民》与《忏悔》是最惹人注意的。我不大爱那三口儿难民，觉得还少点憔悴的样子。我倒爱难民背后的设景：③树，远远的是城，城上有云；城和难民是安定与漂流的对照，云树引起渺茫与穷无所归之感。《官邸与民房》也是

❶比喻、照应

“黑煤球上放着几个白元宵”通俗生动的写出了木刻的色彩特点，与“不爱黑地白空的东西”相照应，表现了作者鲜明的个人好恶。

❷抑扬结合

对于《断墙残壁》先肯定，再指出不足，表明作者观画是理性的欣赏，有辩证的态度，与作画者无关，只是就画论画。

❸描写、议论

描绘《难民》中的景色，表达自己对于画面构图和内涵的理解。如此的审美和感触说明作者绝不是一个“对于图画是半点不懂”的人。

用这个结构——至少是在立意上。最爱《忏悔》。裸体的男人，用手捧着头，头低着。全身没有一点用力的地方，而又没一点不在紧缩着，是忏悔。此外还有好几幅裸体人形，都不如这张可喜。永不喜看光身的大肿女人，不管在技术上有什么讲究，我是不爱看“河漂子”的。

花了两点钟的工夫，还能不说几句么？于是大发议论，大概是很臭。不管臭不臭吧，的确是很佩服王先生。这决不是捧场；他并没见着我，也没送给我一张画。我说他好歹，与他无关，或只足以露出我的臭味。说我臭，我也不怕，议论总是要发的。伟人们不是都喜欢大发议论么？

原载1934年2月《青年界》第5卷第2号

精华赏析

文章开篇就奠定了幽默有趣的感情基调。作者观画，完全是就画论画，不因人评画，这是客观，但带有鲜明的个人情感色彩，“我说好，就是好”。

延伸思考

1. 第一段写文盲看告示有什么作用？

2. “我很会表演”，“我”表演了什么？

3. 你从中获得了哪些赏画知识？

相关链接

“只要有图画看，我总得去看看。”老舍先生是一个爱画的人，他还喜欢收藏画，和画家交朋友，“我不认识王绍洛先生。可是很希望认识他。”老舍的儿子舒乙认为老舍是“当代文坛上最懂画的文人”。

西红柿

名师导读

西红柿，曾经只是孩子们的玩物，老舍先生说它“像个有狐臭的美人”，后来随英法大菜馆进入中国饭铺，于是时来运转，渐渐成为普通百姓桌上的美味佳肴。

所谓番茄炒虾仁的番茄，在北平原叫作西红柿，在山东各处则名为洋柿子，或红柿子。想当年我还梳小辫，系红头绳的时候，西红柿还没有番茄这点威风。它的价值，在那不文明的时代，不过与“赤包儿”相等，给小孩子们拿着玩玩而已。大家作“娶姑娘扮姐姐”玩耍的时节，要在小板凳上摆起几个红胖发亮的西红柿，当作喜筵，实在漂亮。可是，它的价值只是这么点，而且连这一点还不十分稳定，至于在大小饭铺里，它是完全没有份儿的。这种东西，特别是在叶子上，有些不得人心的臭味——按北平的话说，这叫作“青气味儿”。所谓“青气味儿”，就是草木发出来的那种不好闻的味道，如楮树叶儿和一些青草，都是有此气味的。[1]可怜的西红柿，果实是那么

❶比喻 “美人”人人皆爱，但美人有了狐臭，人们就敬而远之了，以此作比形象地写出了西红柿外形美丽但气味难闻的特点和不受人青睐的情形。

鲜丽，而被这个味儿给累住，像个有狐臭的美人。不要说是吃，就是当“花儿”看，它也是没有“凉水茄”，“番椒”等那种可以与美人蕉，翠雀儿等草花同在街上售卖的资格。小孩儿拿它玩耍，仿佛也是出于不得已；这种玩艺儿好玩不好吃，不像落花生或枣子那样可以“吃玩两便”。其实呢，西红柿的味道并不像它的叶子那么臭恶，而且不比臭豆腐难吃，可是那股青气味儿到底要了它的命。除了这点味道，恐怕它的失败在于它那点四不像的劲儿：①拿它当果子看待，它甜不如果，脆不如瓜；拿它当菜吃，煮熟之后屁味没有，稀松一堆，没点“嚼头”；它最宜生吃，可是那股味儿，不果不瓜不菜，亦可以休矣！

西红柿转运是在近些年，“番茄”居然上了菜单，由英法大菜馆而渐渐侵入中国饭铺，连山东馆子也要报一报“番茄虾银（仁）儿”！文化的侵略哟，门牙也挡不住呀！可是细一看呢，饭馆里的番茄这个与那个，大概都是加上了点番茄汁儿，粉红怪可看，且不难吃；至于整个的鲜番茄，还没多少人肯大嘴的啃。肯生吞它的，或者还得算留过洋的人们和他们的儿女，到底他们的洋味地道些。近来西医宣传西红柿里含有维他命 A 至 W，可是必须生吃，这倒有点别扭。不过呢，国人是注意延年益寿，滋阴补肾的东西，或者这点青气味儿也不难于习惯下来的；假如国医再给证明一下：番茄加鹿茸可以壮阳种子，②我想它的前途正自未可限量咧。

原载 1935 年 7 月 14 日青岛《青岛民报·避暑录话》

❶对比

把西红柿与果、瓜、菜相比较，突出它“四不像”的缺点——不甜不脆，熟后无味无“嚼头”，生吃“青气味儿”难闻。

❷拟人

以西红柿的时来运转做出前景推断，而事实也确实如此，西红柿已经是大众饭桌的家常菜，而且随着科学发展，其药用价值也逐渐被人重视。

精华赏析

西红柿的青气味儿是阻碍它登堂入室的关键因素，老舍先生以幽默诙谐的笔调调侃它的发展，揭露帝国主义的文化侵略。《再谈西红柿》是本文的姊妹篇。

延伸思考

1. 西红柿最初的价值是什么？

2. 人们为什么不喜欢西红柿？

3. 西红柿转运的表现有哪几点？

相关链接

西红柿营养成分多，含有丰富的维生素A及C，还含维生素E，具有食疗价值和保健价值，是真能延年益寿的果蔬。所以，要常吃西红柿哟。

立秋后

名师导读

青岛被誉为“东方瑞士”，是避暑胜地。作者不喜在此看到洋文化的不良渗透，最喜此地夏日会友，但立秋后的青岛却热起来，友人渐渐离开，黯然销魂！

去年来青岛，已是秋天。秋水秋山，红楼黄叶，自是另一番风味；[1]虽未有见到夏日的热闹，可是秋夜听潮，或海岸独坐，亦足畅怀。

❶叙议结合 听潮，听潮起潮落，也听内心对人生起伏的思索；独坐，赏海的万千气象，品生活百态，净化了心灵，自然足以畅怀。

秋去冬来，野风横吹，湿冷入骨；日落以后，市上海滨俱少行人；未免觉得寂苦。

春到甚迟，直到樱花开了，才能撤去火炉，户外活动渐渐增多，可是春假里除了崂山旅行，也还想不出更好的办法。

六七月之间才真看到青岛的光荣，尤其是初次看到，更觉得有点了不得。可是一两星期过去，又仿佛没有什么了：士女是为避暑而来，自然表现着许多洋习气，以言文化，乃在寇丹指甲与新奇浴衣之间，所谓浪漫，亦不过买票跳舞，喝冷咖啡而已。闭户休息，寂寞不减于冬令，自叹命薄福浅！

> **❶语言描写**
>
> 言语中充满了友人之间分别的依依不舍，友人相聚的温暖在离别中渐渐散去，此情此景不由让人想起柳永的名句“多情自古伤离别，更那堪，冷落清秋节！”

有一件事是可喜的，即夏日有会友的机会。别已二年五载，忽然相值，相与话旧，真一乐事。再说呢，一向糊口四方，到处受女人的招待，今则反落为主，略尽地主之谊，也能更明白些交友的道理。况且此地是世外桃源，平日少见寡闻，于今各处朋友带来各处消息，心泉渐活，又回到人间，不复梦梦。

立秋以后，别处天气渐凉，此地反倒热起来；①朋友们逐渐走去，车站码头送别，“明夏再来呀！”能不黯然销魂！

原载 1935 年 8 月 18 日青岛《青岛民报 · 避暑录话》

精华赏析

作者先描述了对青岛一年四季的印象，对夏季用笔墨较多，但对士女的洋习气是没兴趣的，所在乎的是会友的乐事，立秋相别更觉友情珍贵。

延伸思考

1. 冬日寂苦的原因是什么？
2. 夏日会友的东道主是谁？
3. 作者会友为什么说“又回到人间”？

相关链接

在青岛的四季中，作者觉得秋天畅怀，夏日因友人来聚而美好。环境能影响人的心情，但真正决定心情的是人生观和价值观。

等　暑

名师导读

青岛是避暑胜地，但不是不暑，只是暑期在八月。老舍先生以一年的居住经验调侃八月而来抱怨天热的朋友，颇为自得。

青岛并非不暑，而是暑得比别处迟些。这么一句平常话，也需要一年的经验才敢说。秋天很暖——我是去年秋天来的——正因为夏未全去；以此类推，方能明白此地春之所以迟迟，六七月间之所以不热，哼，和八月间之所以大热起来。仿佛别人早已这样告诉过我："仿佛"就有点记不真切的意思，"不相信"是其原因。青岛还会热？问号打得很清楚。赶到今年八月，才理会过来，可是马上归功于自己的经验，别人说过与否终于打入"仿佛"之下。以此为证，人鲜有不好吹者！

来避暑的人总是六七月来而八月走去，这时间的选取实在就够避暑的资格；于此，我更愿发财，有钱的人不必用整年的工夫去发现七月凉八月热，他们总是聪明的。[①]高粱一熟，螃蟹下市，别处的蝉声已带哀意；仍然住在青岛，似乎专为等着

❶景物描写　高粱熟、蟹下市、蝉声哀都意味着秋天的到来，天气转凉，而青岛在此时却迎来了全年最热的时间段。

“秋老虎”，其愚或可及，其穷定不可及。①有钱的能征服自然，没钱的蛤蟆垫桌腿而已。

①引用歇后语、对比

蛤蟆垫桌腿——死挨，是老北京的一句俚语。作者在这里幽默地写出了穷人只能在暑天忍着、熬着，与有钱人可以花钱避暑形成对比。

可是等暑之流也有得意之处：八月中若来个远地朋友，箱中带着毛衣，手不持扇，刚一下车便满身是汗，抢过我的扇子，连呼“这里也这么热！”我乃似笑非笑，徐道经验，有如圣人，乐得心中发痒。

若是这位可怜的朋友叨唠上没完，不怨自己缺乏经验，而充分的看不起青岛，我可必得为青岛辩护，把六七月间的光景如诗一般的述说，仿佛青岛是我家里的。心理的变化与矛盾有如是者，此我之所以每每看不起自己者也。

原载 1935 年 8 月 26 日青岛《青岛民报·避暑录话》

精华赏析

青岛暑期也热，作者亦是“蛤蟆垫桌腿”中的一员，但当朋友看不起青岛时，也必为青岛辩护，可见久居生情是人之常情。

延伸思考

1. 青岛暑期为什么来得晚？

2. 去青岛避暑的最佳时间是什么？

3. 作者对青岛的感情如何？从哪儿看出来？

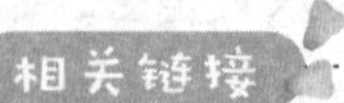

相关链接

青岛环境优美，是滨海度假旅游城市，被誉为“东方瑞士”。夏季湿热多雨，但无酷暑，全年最热时间在八月份，五月至十月是最佳旅游时间。

可喜的寂寞

名师导读

老舍先生的儿女们周末携朋带友回家，或激情讨论，或安静思索，依然是他们的天地和空间。老舍先生融不进他们的世界，谓之“可喜的寂寞”。

既可喜，却又寂寞，有点自相矛盾。别着急，略加解释，便会统一起来。

近来呀，每到星期日，我就又高兴，又有点寂寞。高兴的是：儿女们都从学校、机关回家来看看，还带着他们的男女朋友，真是热闹。[1]听吧，各屋里的笑声，辩论声，都连续不断，声震屋瓦，连我们的大猫都找不到安睡懒觉的地方，只好跑到房上去呆坐。虽然这么热闹，我却很寂寞。他们所讨论的，我插不上嘴；默坐旁听，又听不懂！

我的文艺知识不很丰富，可是几十年来总以写作为业，按说对儿女们应该有些影响。事实并不如此。他们都不学文艺，虽然他们也爱看小说、话剧、电影什么的。他们，连他们带来的男女朋友，都学科学。我家最小的那个梳两条小辫的娃娃，刚考入大学，又是学物理！这群小科学家们凑到一处，连说笑似乎都带点什么科学味道，我听不懂。

❶正、侧结合

笑声、辩论声是对儿女们及其朋友的正面描写，大猫跑到房上呆坐是对他们的侧面描写，正、侧面描写相结合，突出他们谈论的热情之高、声音之大，与“我”的寂寞形成强烈反差。

他们也并不光说笑、争辩。有时候，他们安静下来：哥哥帮助妹妹算数学上的难题，或几个人都默默地思索着一个什么科学上的道理。在这种时候，我看得出来，他们的深思苦虑和诗人的呕尽心血并没有什么不同。我可也看到，当诗人实在找不到最好的字的时候，他也只好暂且将就用个次好的字，而小科学家们可不能这么办，他们必须找到那个最正确的答案，差一点点也不行。① 当他们得到了答案的时候，他们便高兴得又跳又唱，觉得已拿到打开宇宙秘密的一把小钥匙。

❶比喻

把他们得到答案比作拿到打开宇宙秘密的小钥匙，生动形象地写出他们进行科学思索的意义，突出他们高兴激动的心情。

我看到了一种新的精神。是，从他们决定投考哪个学校，要选修哪门科学的时候起，我就不断地听到“尖端”、“发明”和“革新”等等悦耳的字眼儿。因此，我没有参加意见，更不肯阻拦他们。他们是那么热烈地讨论着，那么努力预备考试，我还有什么可说的呢！我看出来，是那个新精神支配着他们，鼓舞着他们，我无权阻拦他们。

他们的选择不是为名为利，而是要下决心去埋头苦干。是，从他们怎么预备功课和怎么制订工作计划，我就看出：他们所选择的道路并不是容易走的。他们有勇气与决心去翻山越岭，攀登高峰。他们的选择不仅出于个人的嗜爱，而也是政治热情的表现——现在是原子时代，而我们的科学技术还有些落后，必须急起直追。想建设一个有现代工业、农业与文化的国家，非有现代科学技术不可！我不能因为自己喜爱文艺而阻拦儿女们去学科学。建设伟大的祖国，自力更生，必须闯过科学技术关口。儿女们，在党的教育培养下，不但看明此理，而且决心去作闯关的人。② 这是多么可喜的事啊！是呀，且不说别的，只说改良一个麦种，或制造一种尼龙袜子，就需要多少科学研究与试验啊！科学不发达，现代化就无从说起。

❷照应

照应题目和开头，强调“可喜”，表现出作者对儿女们的充分理解和大力支持，同时也反映出作者的长远目光和爱国精神。

我们的老农有很多宝贵的农业知识与经验，但专凭这些知识与经验而无现代的科学技术，便难以应付农业现代化的要求。我们的手工业有悠久的传统和许多世代相传的窍门，但也须进一步提高到科学理论上去，才能发展、提高。重工业和新兴的工业更用不着说，没有现代的科学技术，寸步难行。小科学家们，你们的责任有多么重大呀！

于是，我的星期日的寂寞便是可喜的了。我不能摹仿大猫，听不懂就跑上房去。我默默地听着小将们的谈论，[①]而且想到：我若是也懂点科学，够多么好！写些科学小品，或以发明创造为内容的小说，够多么新颖，多么富有教育性啊。若是能把青年一代这种热爱科学的新精神写出来，不就更好吗？是呀，我们大概还缺乏这样的作品。我希望这样的作品不久就会出现。这应当是文艺创作的一个新的重要题材。

原载 1963 年 1 月 1 日《北京晚报》

①心理描写

表达了作者对科学的向往之情和对孩子们热爱科学的赞扬，同时也指出文艺创作的新方向，具有前瞻性。

作者一点儿不落后于时代的步伐，看到祖国的发展需要年青一代学科学、用科学、发展科学，对于儿女们的无效陪伴毫无怨言，还希望科学文艺作品发展起来，令人敬佩。

延伸思考

1.“新的精神”指什么？

2. 作者为什么不阻拦儿女们？

3. 你想对作者的儿女们说些什么？

20 世纪五六十年代的青年们激情、淳朴，他们满怀着报国之志和爱国之情投身于祖国的现代化建设，文中的儿女们及其朋友就是这样一群人。

大智若愚

名师导读

真正的文艺与名利无关，万古流传的经典作品无不是真情实感真灵魂的抒写，其背后往往是各样的磨难与牺牲，以作者之愚启读者之智。

读书笔记

学会了作文章，（文章不一定就是文艺），而后中了状元，而后无灾无病作到公卿，这恐怕是历来的文人的最如意的算盘。相传既久，心理就不易一时改变过来；于是在今天也许还有不少的人想用文章猎取利禄与声名。可是，这个心理必须改变，因为它正是把文艺置之死地的祸根。

要搞文艺就必先决定去牺牲。你要忘了个人的利益与幸福，你才能作一辈子文人，为文艺而生，为文艺而死。在物质享受上，稿费版税永远不能比囤积走私的来头大；在精神上，思想永远是自取烦恼的东西。相安无事便是一夜无话，文艺也就无从产生。不甘相安无事，你便必苦心焦虑的思索，而后把那最好的，最有价值的话说出来，而后你还要认真的去驳辩，勇敢的作真理的律师。这些，都给你带来痛苦，也许会要掉了脑袋。好话永远不甜蜜悦耳，而真理永远是用生命换得来的。

这样的说来，你假若想要以一半篇作品取个文艺者的头衔，从而展开一条小小的路径，去弄点钱花，娶个相当漂亮的太太，或且作一番与文艺无关的事业，则似乎大可不必，① 因为文艺最忌敷衍，最忌脚踩两只船；顶好卖什么吆喝什么，大不该只在“好玩”，或“方便”上要些玄虚。

只要你一想到为文艺服役，你就须马上想到一切苦处，像要去作和尚那样斩尽尘根，硬是准备满身虱子连搔也不去搔一下！你要知道，凡是要救世的都须忘了自己，丧掉了自己的生命。

你要准备下那最高的思想与最深的感情，好长出文艺的花朵，切不可只在文字上用工夫，以文字为神符。文字不过是文艺的工具。一把好锯并不能使人变为好木匠。

即使那是真的，你也不要先去揣摩某人怎么仗着舅舅的力量而印出两本书，或某人怎么出巧计而作了编辑，从而千方百计的去仿效。文艺中无巧可取，你千万别自骗骗人！② 你知道，文艺者对别人是“大智”，对自己却是“大愚”！

原载 1945 年 3 月《抗战文艺》第 10 卷第 1 期

❶比喻 将以文艺为跳板去做其它事业比作脚踏两只船，把专心做文艺比作卖什么吆喝什么，从正反两方面强调文艺无机可投。

❷点题 照应文章题目，画龙点睛，点明文章主旨。

“板凳要坐十年冷，文章不写一句空”，搞文艺必须耐寂寞、抵诱惑。老舍先生强调搞文艺必先决定牺牲，牺牲名利、牺牲享受、付出最高的思想和最深的情感。

延伸思考

1. 历来文人最如意的算盘是什么？
2. 作者从哪几个角度阐述了自己的观点？
3. “一把好锯并不能使人变为好木匠”用来比喻什么？

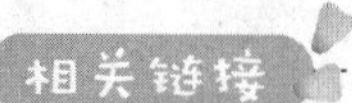

当今社会还存在着以文艺为跳板谋名谋利的现象，其最终必是失败的结局。老舍先生的提醒和告诫依然有重要的现实意义。

梦想的文艺

名师导读

文艺，是反映社会现实与美好理想的自由的文化艺术。但在那个特定的黑暗的年代，老舍先生发自肺腑地呼唤真实的、真理的、梦想的文艺，并进行文艺的抗战。

❶假设

所盼望的必是现实中不存在的，隐含了作者的现状：不能自由出行、被监视、写作也受限制，表达了作者对现实的不满。

[①] 我盼望总会有那么一天，我可以随便到世界任何地方去，而没有人偷偷的跟在我的背后，没有人盘问我到哪里去和干什么去，也没有人检查我的行李。那就是我的理想世界！在那个世界里，我爱写什么便写什么，正如同我爱到何处去便到何处那样。我相信，在那个世界里，文艺将是讲绝对的真理的，既不忌讳什么而吞吞吐吐，也不因遵守标语口号而把某一帮一行的片面，当作真理。那时候，我的笔下对真理负责，而不帮着张三或李四去辩论曲直是非——他们俩最好找律师去解决那些鸡毛蒜皮的事。

那时候，我若到了德国，便直言无隐的告诉德国人，他们招待客人还太拘形式，使我感到不舒服。（德国人在那时候当然已早忘了制造战争，而很忠诚的制造阿司匹灵。）他们听了并不生气，而赶快去研究怎样可以不拘形式而把客人招待得从心眼里觉得安逸。同样的，我可以在伦敦讽刺英国的士大夫：他们为什么那样注意戴礼帽，拿雨伞，而不设法去消灭或减少伦敦的黑雾。那些有幽默感的英国人笑着接受了我的暗示，于是国会决议：①每天起飞五千架重轰炸机往下洒极细的砂子，把黑雾过滤成白雾，而伦敦市民就一律因此增寿十年。

我的笔将是温和的，微微含笑的，不发气的，写出聪明的合理的话。我不必粗脖子红脸的叫喊什么，那样是会使文字粗糙，失去美丽的。我不必顾虑我的话会引来棍棒与砖头，除非我是说了谎或乱骂了人。那时候的社会上求真的习尚，使写家必须像先知似的说出警告，那时候人们的审美力的提高，使作家必须唱出他的话语，像春莺似的美妙。

昨天我听见一个四十多岁的汉子，对一个十九岁的学生说：②“你要真理？我的话便是真理！听从我的话便是听从真理！我这个真理会教你有衣有食，有津贴好拿！在我的真理以外，你要想另找一个，你便会找到监狱，毒刑，死亡！想想看，你才十九岁，青春多么可爱呀！”

这几句话使我颤抖了好大半天。我不晓得那个十九岁的孩子后来怎样回答，我一声没出。我可是愿意说出我的愿望，尽管那个愿望是永不会实现的梦想！

原载 1944 年 12 月《抗战文艺》第 9 卷 5、6 期

❶想象

伦敦黑雾绝不是砂子所能治理的，作者的想象充满戏谑，但治理环境污染、提升人们的健康水平却是十分正确的。

❷语言描写

把谎言说成了真理，屈从黑暗统治以寻求苟且生活，而真正的真理则意味着流血牺牲，表现出抗日战争胜利前的黑暗恐怖。

精华赏析

作者以假设的形式写自己的理想：有人身自由，无所顾忌地说真话，写真理的文章，文字温和而美丽。这些理想正反射着现实的黑暗残酷。

延伸思考

1. 作者认为德国和英国各存在什么不足之处？

2. 通过作者的叙述你看出当时的文艺是什么状况？

3. 作者的梦想真的永远不能实现吗？

相关链接

真正的文艺工作者必是为时代发声的，他们根植于大众生活，所写作品求实求真、紧扣时代脉搏、引人向善向美、为人们所喜爱。

割盲肠记

名师导读

老舍先生做了个割盲肠的梦，于是做了盲肠炎手术：没有电灯，打着电棒，已经进行了一个小时，可盲肠还未找到，到底结局如何呢？那就赶快去阅读吧。

六月初来北碚，和赵清阁先生合写剧本——《桃李春风》。剧本草成，“热气团”就来了，本想回渝，因怕遇暑而止。过午，室中热至百另三四度，乃早五时起床，抓凉儿写小说。原拟写个中篇，约四万字。可是，越写越长，至九月中已得八万余字。秋老虎虽然还很利害，可是早晚到底有些凉意，遂决定在双十节前后赶出全篇，以便在十月中旬回渝。有什么样的环境，才有什么样的神经过敏。因为巴蜀“摆子”猖狂，所以我才身上一冷，便马上吃昆宁。[①]同样的，朋友们有许多患盲肠炎的，所以我也就老觉得难免一刀之苦。在九月末旬，我的右胯与肚脐之间的那块地方，开始有点发硬；用手摸；那里有一条小肉岗儿。“坏了！”我自己放了警报：“盲肠炎！”赶紧告诉了朋友们，即使是谎报，多骗取他们一点同情也怪有意思！

①铺垫

生活中往往是怕什么来什么，这也是一种心理暗示，越是担心的情况越可能发生，为下文盲肠炎手术作了铺垫。

朋友们的回答几乎是一致的——神经过敏！我申说部位是对的，并且量给他们看，怎奈他们还不信。我只好以自己的医学知识丰富自慰，别无办法。

过了两天，肚中的硬结依然存在。并且作了个割盲肠的梦！把梦形容给萧伯青兄。他说：恐怕是下意识的警告！第二天夜里，一夜没睡好，硬的地方开始一窝一窝的疼，就好象猛一直腰，把肠子或别处扯动了那样。一定是盲肠炎了！①我静候着发烧，呕吐，和上断头台！可是，使我很失望，我并没有发烧，也没有呕吐！到底是怎回事呢？

❶夸张

发烧、呕吐是盲肠炎的典型症状，上断头台指上手术台，是夸张的说法，说明作者已经做好了充分的心理准备。

十月四日，我去找赵清阁先生。她得过此病，一定能确切的指示我。她说，顶好去看看医生。她领我上了江苏医学院的附设医院。很巧，外科刘主任（玄三）正在院里。他马上给我检查。

“是！”刘主任说。

“暂时还不要紧吧？”我问。我想写完了小说和预支了一些稿费的剧本，再来受一刀之苦。

“不忙！慢性的！”刘主任真诚而和蔼的说。他永远真诚，所以绰号人称刘好人。

我高兴了。并非为可以缓期受刑，而是为可以先写完小说与剧本；文艺第一，盲肠次之！可是，当我告辞的时候，刘主任把我叫住：“看看白血球吧！”

一位穿白褂子的青年给我刺了“耳朵眼”。验血。结果：一万好几百！刘主任吸了口气：“马上割吧！”我的胸中恶心了一阵，头上出了凉汗。②我不怕开刀，可是小说与剧本都急待写成啊！特别是那个剧本，我已预支了三千元的稿费！同时，在顷刻之间，我又想到：白血球既然很多，想必不妙，为何等着受发烧呕吐等等苦楚来到再受一刀之苦呢？一天不割，便带着一天的心病，何不从早解决呢？

❷心理描写

解释了恶心出凉汗的原因，与上文“文艺第一，盲肠次之”相照应，表现作者的责任担当，暗示作者经济状况不佳。

“几时割？”我问。心中很闹得慌，像要吐的样子。

“今天下午！”

随着刘主任，我去交了费，定了房间。

没有吃午饭。[①]托青兄给买了一双新布鞋，因为旧的一双的底子已经有很大的窟窿。心里说：穿新鞋子入医院，也许更能振作一些。

❶细节描写

因为住院才换掉了底子有大窟窿的旧鞋，可见作者平日的勤俭。上文写“我已预支了三千元的稿费”，却不曾买双新鞋穿，说明确实经济拮据。

下午一时。自己提着布袋，去找赵先生。二时，她送我入院——她和大夫护士们都熟识。房间很窄，颇像个棺材。可是，我的心中倒很平静，顺口答音的和大家说笑，护士们来给我打针敷消毒药，腰间围了宽布。诸事齐备，我轻轻的走入手术室，穿着新鞋。

屈着身。吴医生给我的脊梁上打了麻醉针。不很疼。护士长是德州的护士学校毕业的。她还认识我：在她毕业的时候，我正在德州讲演。这已是十年前的事了。她低声的说：“舒先生，不怕啊！”我没有怕，我信任西医！况且割盲肠是个小手术。朋友们——老向，萧伯青，萧亦五，清阁，李佩珍……——都在窗外“偷”看呢，我更得扎挣着点！

下部全麻了。刘主任进来。吱——腹上还微微觉到疼。“疼啊！”我报告了一声。“不要紧！”刘主任回答。腹里捣开了乱，我猜想：刘主任的手大概是伸进去了。我不再出声。心中什么也不想。我以为这样老实的受刑，盲肠必会因受感动而也许自动的跳出来。

不过，盲肠到底是“盲肠”，不受感动！麻醉的劲儿朝上走，好象用手推着我的胃；胃部烧得非常的难过，使我再也不能忍耐。吐了两口。“胃里烧得难过呀！”我喊出来。“忍着点！马上就完！”刘主任说。我又忍着，我听得见刘主任的声音：[②]“擦汗！”“小肠！”“放进去！”“拿钩了！”“摘眼镜！”……我心里说：“坏了！找不到！”我问了：“找到没有？”刘主任低切的回答：“马上找到！不要出声！”

❷语言描写

“摘眼镜”也是因为出汗，与末段“急得刘主任出了好几身大汗”相呼应，表现出手术进行得不顺利，刘主任一时找不到盲肠的位置。

窗外的朋友们比我还着急：“坏了！莫非盲肠已经烂掉？”

我机械的，一会儿一问："找到没有？"而得到的回答只是："莫出声！"

苦了刘主任与助手们，室内没有电灯。两位先生立在小凳上，打着电棒。夹伤口的先生们，正如打电棒的始终不能休息片刻。整整一个钟头！

一个钟头了，盲肠还未露面！

我的鼻子上来了点怪味。大概是吴医生的声音："数一二三四！"我数了好几个一二三四，声音相当的响亮。[①]末了，口中一噎，就像刮大风在城门洞中喝了一大口风似的我睡过去，生命成了空白。

❶比喻……生动形象地写出作者因麻醉药发挥作用而突然失去意识的情形，照应"我的鼻子上来了点怪味"。病人不再说话有利于手术正常进行。

睁开眼，我恍惚的记得梁实秋先生和伯青兄在屋中呢。其实屋中有好几位朋友，可是我似乎没有看见他们。在这以前，据朋友们告诉我，我已经出过声音，我自己一点也不记得。我的第一声是高声的喊王抗——老向的小男孩。也许是在似醒非醒之中，我看见王抗翻动我的纸笔吧，所以我大声的呼叱他；我完全记不得了。第二次出声是说了一串中学时的同学的外号：老向，范烧饼，闪电手，电话西局……弄得大家都莫名其妙。生命在这时候是一片云雾，在记忆中飘来飘去，偶然的露出一两个星星。

再睁眼，我看见刘主任坐在床沿上。我记得问他："找到没有？割了吗？"这两个问题，在好几个钟头以内始终在我的口中，因为我只记得全身麻醉以前的事。

我忘了我是在病房里，我以为我是在伯青的屋中呢。我问他："为什么我躺在这儿呢？这里多么窄小啊！"经他解释一番，我才想起我是入了医院。生命中有一段空白，也怪有趣！一会儿，我清醒，一会儿又昏迷过去。生命像春潮似的一进一退。清醒了；[②]我就问：找到了吗？割去了吗？

❷语言描写……照应上一段的问话，重复同样的问题，表明"我"此时依然是半昏迷状态，对于手术结果充满疑惑担忧。

口中的味道像刚喝过一加仑汽油，出气的时候，心中舒服？吸气的时候，觉得昏昏沉沉。生命好像悬在这一呼一吸之间。

[①] 胃里作烧，脊梁酸痛，右腿不能动，因打过了一瓶盐水。不好受。我急躁，想要跳起来。苦痛而外，又有一种渺茫之感，比苦痛还难受。不管是清醒，还是昏迷着，我老觉得身上丢失了一点东西。我用手去摸。像摸钱袋或要物在身边没有那样。摸不到什么，我于失望中想起：噢，我丢失的是一块病。可是，这并不能给我安慰，好像即使是病也不该遗失；生命是全的，丢掉一根毫毛也不行！这时候，自怜与自叹控制住我自己，我觉得生命上有了伤痕，有了亏损！已经一天没吃东西；现在，连开水也不准喝一口——怕引起呕吐而震动伤口。我并不觉得怎样饥渴。胃中与脊梁上难过比饥渴更利害，可是也还挣扎去忍受。真正恼人的倒是那点渺茫之感。我没想到死，也没盼祷赶快痊愈，我甚至于忘记了赶写小说那回事。我只是飘飘摇摇的感到不安！假若他们把割下的盲肠摆在我的面前，我也许就可以捉到一点什么而安心去睡觉。他们没有这样作。我呢，就把握不到任何实际的东西，而惶惑不安。我失去了自信，不知道自己是干什么呢！因此我烦躁，发脾气，苦了看守我的朋友！

❶描写

写作者的身体感受和心情，表现出术后伴随着的各种不良反应，突出“我”的苦痛。“渺茫之感”既有术后的晕眩昏迷，也有对手术结果的担忧。

老向，璧如，伯青，齐致贤，席微膺诸兄轮流守夜；李佩珍小姐和萧亦五兄白天亦陪伴。我不知道怎样感激他们才好！医院中的护士不够用，饭食很苦，所以非有人招呼我不可。

体温最高的时候只到三十八度，万幸！虽然如此，我的唇上的皮还干裂得脱落下来，眼底有块青点，很像四眼狗。

最难过的是最初的三天。[②] 时间，在苦痛里，是最忍心的；多慢哪！每一分钟都比一天还长！到第四天，一切都换了样子；我又回到真实的世界上来，不再悬挂在梦里。

❷拟人、夸张

作者把主观情感投射到时间上，说时间忍心他的苦痛，故意走得慢。一分钟长过一天明显是夸张。这两种修辞突出了作者术后的疼痛无比煎熬。

本应当十天可以出院，可是住了十六天，缝伤口的线粗了一些，不能完全消化在皮肉里；没有成脓，但是汪儿黄水。刘主任把那节不愿永远跟随着我的线抽了出来，腹上张着个小嘴。直到这小嘴完全干结我才出院。

神经过敏也有它的好处。假若我不“听见风就是雨”，而不去检查，一旦爆发，我也许要受很大的苦楚。我的盲肠部位不对。不知是何原因，它没在原处，而跑到脐的附近去，所以急得刘主任出了好几身大汗。假若等到它汇了脓再割，岂不很危险？[①] 我感谢医生们和朋友们，我似乎也觉得感谢自己的神经过敏！引为遗憾的也有二事:（一）赵清阁先生与我合写的《桃李春风》在渝上演，我未能去看。（二）家眷来渝，我也未能去迎接。我极想看到自己的妻与儿女，可是一度神经过敏教我永远不会粗心大意，我不敢冒险！

①直抒胸臆

感谢医生们全力救治，感谢朋友们陪伴照顾，感谢自己及早就医。这也启示我们不舒服时要及早看医生，有病治病，无病安心。

原载 1944 年 3 月《经纬》第 2 卷第 4 期

精华赏析

手术时没有电灯，打着电棒进行，一个多小时甚至更长，不得片刻休息，当时医护人员的辛苦可想而知，真是医者仁心。

延伸思考

1. 刘主任先判定是慢性的，在我要离开时又让验血，说明什么？

2. 当时的手术条件如何?

3.“我”的盲肠割掉了吗?

相关链接

赵清阁是中国著名的女作家，她曾批评老舍缺乏戏剧经验，老舍很欣赏她的率真和多才多艺。《桃李春风》一上演即造成轰动，广受好评。

小青不玩娃娃了

名师导读

六岁，正是儿童的玩乐时光，小青这个六岁的小姑娘却不玩了，她忙着去折纱布，揉棉球，还号召小伙伴们也去做，为救治抗日伤兵尽一份力。

小青是六岁的小姑娘，近来把什么玩艺儿都收起来了。为什么呢？因为她另有了事情做，就不再玩娃娃与小车了。她看妈妈天天忙着给伤兵医院折纱布，揉棉球；①问明了那是为伤兵用的，也问明了伤兵是因为打小日本才受了伤的，她就央告妈妈也许她折纱布，揉棉球。

洗干净了手，小青就按着妈妈折成的布，和揉成的球，去折去揉。她很细心，布折得很齐，球揉得很匀，拿到医院去，大家都夸小青是好孩子。

别家的小孩来找她玩耍，她不愿去。她就对大众说：“我们的兵去打小日本——日本不是欺负我们么？受了伤，有的打破了耳朵，有的身上流出好多血，多么疼呢？我们必得去救他们，因为他们是爱国的好兵啊！你们看，这些纱布，必得折好，好给伤兵裹伤；那些棉花，必须团好，好给伤兵止血。他们的伤裹好，血不流，不是就不疼了么？妈妈说：‘伤兵好了以后，还再去打小日本。’②你们看，他们多么有志气，我们还能贪玩，不帮帮忙么？”

❶叙述

简洁的语言暗含了母女的对话，表现出小青是一个善于观察，勤于思考问题的孩子，小小年纪就有责任担当意识。

❷反问

表达对伤兵抗日救国精神的赞美之情，以反问加强肯定语气，强调小朋友们不能再贪玩，理应加入帮忙的队伍，很有小大人的口气。

大家听了，就争着说："让我们也来做！"

小青说："你们要做，赶快回家，跟妈妈要钱去买纱布和棉花。伤兵很多，这点儿哪够用？总得各家的妈妈都出钱买布买棉花，各家的小孩都好好的折布团棉花，才能够用咧！"

大家说："对呀！快走！跟妈妈要钱去！"

小青还不放心，又嘱咐了他们一句："做的时候千万把手洗干净呀！"

这样，小青和别家的小孩就都不再玩娃娃，而做出了很多很有用的事。[①]说真的，玩娃娃也是玩，做事也是玩，为何不玩这种有益处的事儿呢？

小朋友们，你们都该学学小青，做点有用处的事。小时候这样，长大起来必是个爱国的国民呀。

原载1938年10月《抗战画报》第20期

❶反问

赞扬了小青等小朋友们为抗日出力的做法，强调在抗日救亡的特殊时期，小朋友们玩应该玩得有意义。

小青帮妈妈去做为伤兵医院折纱布，揉棉球的事，并且号召小朋友们都去做这个有益处的事儿。老舍先生通过这篇小说号召全民参与抗日救国。

延伸思考

1. 小青为什么把玩艺儿都收起来了？
2. 折布团棉花为什么要把手洗干净？
3. 你觉得小青是一个什么样的孩子？

小青的妈妈折纱布，揉棉球，小青也跟着去做，可见父母的言传身教对孩子有良好的引导和教育作用，家庭教育是孩子成长不可或缺的内容。

小白鼠

名师导读

一只通体雪白的小白鼠，因自己的美丽洋洋得意，目空一切，完全不听妈妈小心大黄猫的危险预警，最终成了大黄猫的腹中食。

小白鼠有八个兄弟姊妹。他是最小的一个，也是最好看的一个。他的兄弟姊妹都是灰色的，只有他独是雪白的。雪白的毛儿，长长的尾巴，长得非常的好看。他自己也晓得他是非常的好看，所以他很骄傲。

他常常这样说："看我这一身雪白的毛儿，圆圆的眼睛！若是我的尾巴稍微再短一点，我简直便和白兔一样的美了！自然，我的聪明是永远比白兔高出得很多，不管我的尾巴是长，还是短！"

①小白鼠的妈妈，很不放心她这个最小最好看，也最骄傲的儿子。妈妈总是爱小儿子的，因为他最小啊。

鼠妈妈知道附近来了一只大黄猫，就极恳切地嘱咐她的八个儿女说："你们，我的宝贝们！千万要小心哪！那只黄猫能一口咬住你们两个，因为他是一只又大又凶又饿的黄猫呀！"

①伏笔、侧面描写 鼠妈妈是有生活阅历和经验的，她对小白鼠很不放心，从侧面写出小白鼠的骄傲无知，为它的结局埋下伏笔。

说罢，她特别地对小白鼠又说了一遍，恐怕他骄傲不小心，最容易招出祸来。

可是，小白鼠不信妈妈的话。[①]他对自己说，“像我这样的好看，猫会伤害我吗？不会的！绝不会的！”这样，他便放大了胆，虽然听见猫的声音，他也仍旧东跑西跑：一点不留心。

❶语言描写、设问、铺垫

使用了设问的修辞，表现小白鼠的单纯无知和盲目自信，自以为拥有美丽就拥有了一切，为它最终被猫吃掉作了铺垫。

有一天，小白鼠面对面地碰到大黄猫。一看，黄猫的眼睛是那么大，那么圆，那么亮，那么凶，他有点发慌。可是，他沉了沉气，心里说：“不管黄猫怎么厉害，他会看得出我是多么好看，也就不会欺侮我的！”这样说完，他就笑了，对黄猫说：“猫先生，你看我好看不好看？若是我的尾巴短一点，我岂不和白兔一样美了么？”

说完，小白鼠以为大黄猫必定很客气的和他谈一谈，从此他们俩变成好朋友。哪知道大黄猫一声没出，忽然把大爪子伸出来，捉住小白鼠的颈项，就一口咬住咽喉。可怜的小白鼠，痛得眼睛都弩了出来，怎么挣扎也逃不出他的嘴。

大黄猫几口便把小白鼠吃净，连那条美丽的尾巴也没有剩下，吃完，他舔了舔爪子，对自己说：“这真是一条好看的小白鼠！[②]可是美丽不但保护不了他自己，也教我吃得不痛快呀，他是多么小，多么瘦啊！”

❷画龙点睛

点出这则童话的主旨：外表的美丽对于天敌不起任何作用，保护自己靠的是本领和智慧。

原载 1945 年 4 月《小朋友》复刊第 1 期

精华赏析

作者运用外貌、语言、心理等描写，将外表美丽而又单纯幼稚、骄傲无知的小白鼠形象塑造得丰满生动，给读者以人生启迪。

延伸思考

1. 鼠妈妈叮嘱了小白鼠几次？

2. 小白鼠为什么会被猫吃掉？

3. 你从故事中悟出了什么道理？

相关链接

鼠妈妈最爱小白鼠，但它又不可能时时守在小白鼠身边，以致小白鼠因盲目自信而最终被猫吃掉。所以父母给予孩子最好的爱是教给他们生活的本领。

电　话

名师导读

打电话时必有烟相伴，吸完一支烟了，号码还没拨对，烟头烧了文件，灭掉接着点烟，拨错电话继续进行……生活中怎么会有这样的人？这个人就是王二楞。

王二楞的派头不小，连打电话都独具风格：先点上烟卷；在烟头儿烧到了嘴唇以前，烟卷老那么在嘴角上搭拉着；烟灰随便落在衣、裤上，永远不掸一掸；有时候也烧破了衣服，全不在乎，派头嘛。叼着烟，嘴歪着点，话总说的不大清楚。那，活该！王二楞有吐字不清的自由，不是吗？

拨电话的派头也不小：不用手指，而用半根铅笔。他绝对相信他的铅笔有感觉，跟手指一样的灵活而可靠。他是那么相信铅笔，以至拨号码的时候，眼睛老看着月份牌或别的东西。不但眼看别处，而且要和别人聊天儿，以便有把握地叫错号码。[1]叫错了再叫，叫错了再叫，而且顺手儿跟接电话的吵吵嘴。看，二楞多么忙啊，光是打电话就老打不完！

❶反复 突出王二楞拨错电话之多，错了还跟人吵嘴，表现出王二楞做事敷衍、拖拉懒散、浪费公共资源、把工作当儿戏的极不负责的特点。

已经拨错了八次，王二楞的派头更大了：把帽子往后推了推，挺了挺胸，胸前的烟灰乘机会偷偷地往下落。下了决心，偏不看着“你”，看打得通打不通！连月份牌也不看了，改为看天花板。

①“喂，喂！老吴吗？你这家伙！……什么？我找老吴！……没有？邪门！……什么？看着点？少说废话！难道我连电话都不会打吗？……我是谁？在哪儿？你管不着！”啪，把听筒一摔，补上：“太没礼貌！”

“喂，老吴吗？你这……什么？什么？……消防第九队？……我们这儿没失火！”

“二楞，着了！”一位同事叫了声。

“哪儿着了？哪儿？喂，第九队，等等！等等！…… 呕，这儿！”二楞一面叫消防第九队等一等，一面拍打桌上的文件——叫从他嘴角上落下来的烟头儿给烧着了。“喂，喂！没事啦！火不大，把文件烧了个窟窿，没关系！”二楞很得意，派头十足地教育大家：“看，叫错了电话有好处！万一真烧起来，消防队马上就会来到，嘻嘻！”

②重新点上一支烟，顺手把火柴扔在字纸篓儿里。“喂，老吴吗？你这……要哪儿？找老吴！……怎么，又是你？这倒巧！……说话客气点！社会主义道德,要帮助别人,懂吧？哼！”

二楞的铅笔刚又插在电话机盘的小孔里，一位同志说了话：“二楞，我可要送给你一张大字报了！”

“又批评我什么呀？”

“你自己想想吧！你一天要浪费自己多少时间，扰乱多少人的工作呀？你占着消防队的线，很可能就正有失火的地方，迟一分钟就多一些损失！你也许碰到一位作家……”“哪能那么巧！”

“你以为所有的人都该伺候你，陪着你闹着玩吗？……”“喂，老吴吗？”二楞的电话又接通了：“……不是？……你是个作家？……我打断了你的思路，也许半天不能……那你就

❶语言描写

明明自己废话连篇，没有礼貌，还把这些缺点强加给接电话的人，生动具体地表现了王二楞没有自知之明、打电话说闲话的特点。

❷动作描写、伏笔

表明王二楞烟瘾大，呼应开头的描写，突出他打电话必叼烟的特点，引出继续打电话的内容。火柴扔纸篓的动作为下文冒烟埋下伏笔。

❶对话描写

字纸篓冒烟当然不必找消防队，这是人们对二楞的调侃，讽刺他胡乱拨电话。二楞的回答更是写出他工作心不在焉的特点。

挂上吧！等什么呢？”二楞觉得自己很幽默。然后对要写大字报的同志说：“多么巧，真会碰上了作家……”“又冒烟了！”有人喊。“字纸篓！”

①“二楞，叫消防队！”

“不记得号数，刚才那回是碰巧啦！”二楞扑打字纸篓，派头很大。

原载 1958 年《新港》六月号

精华赏析

这篇小说的语言描写很精彩，尤其是省略号的运用，暗含了通话的对话内容，激起读者的阅读兴趣，给读者留下想象的空间。

延伸思考

1. 王二楞为何吐字不清？

2. 王二楞为什么一直拨错电话？

3. 谈谈你对王二楞的看法。

相关链接

生活中不乏王二楞这样的人存在，他们自以为是，不仅一点儿工作效率没有，还会造成或大或小的各种损失，用孔子的话说“难矣哉”！

末一块钱

名师导读

林乃久，一个接受新教育的青年学生，在只有一块钱的穷途末路时，想的是美丽的唱大鼓书的女戏子，于是走进了萃云楼……

一阵冷风把林乃久和一块现洋吹到萃云楼上。

楼上只有南面的大厅有灯亮。灯亮里有块白长布，写着点什么——林乃久知道写的是什么。其余的三面黑洞洞的，高，冷，可怕。大厅的玻璃上挂着冷汗，把灯光流成一条条的。厅里当然是很暖的，他知道。他不想进去，可是厅里的暖气和厅外的黑冷使他不能自主；暖气把他吸了进去，像南风吸着一只归燕似的。

厅里的烟和暖气噎得他要咳嗽。他没敢咳嗽，一溜歪斜的奔了头排去，他的熟座儿；茶房老给他留着。他坐下了，心中直跳，闹得慌，疲乏，闭上了眼。[①]茶房泡过一壶茶来，放下两碟瓜子。“先生怎么老没来？有三天了吧？”林乃久似乎没听见什么，还闭着眼。头上见了汗，他清醒过来。眼前的一切还是往常的样子。台上的长桌，桌上的绣围子——团风已搭拉下

❶动作描写、语言描写、铺垫……

对茶房的动作和语言描写表现出他们之间很熟悉，林乃久来萃云楼没间隔过三天，暗示林乃久必是出了什么状况，为下文作了铺垫。

❶设置悬念

林乃久为什么不敢再看但又往下看，这一块银元和史莲霞有什么关系，这些问题都吸引着读者往下读去寻找答案。

❷双声话语、心理描写

林乃久不爱史莲霞，他捧她的理由就是所谓的“可怜”二字，其背后却是他经济的困窘和青春期需求的矛盾。

半边，老对着他的鼻子。墙上的大镜，还崎岖古怪的反映出人，物，灯。镜子上头的那些大红纸条：金翠，银翠，碧艳香……他都记得；史莲云，他不敢再看；① 但是他得往下看：史莲霞！他只剩了一块钱。这一块圆硬的银饼似乎有多少历史，都与她有关系。他不敢去想。他扭过头来看看后边，后边只有三五组人：那两组老头儿照例的在最后面摆围棋。其余的嗑着瓜子，喝着小壶闷的酽茶，谈笑着，出去小便，回来擦带花露水味的，有大量热气的手巾把儿。跟往日一样。“有风，人不多，”他想。可是，屋里的烟，热气，棋子声，谈笑声，和镜子里的灯，减少了冷落的味道。他回过头来，台上还没有人。他坐在这里好呢？还是走？他只有一块钱，最后的一块！他能等着史莲霞上来而不点曲子捧场么？他今天不是来听她。茶房已经过来了：“先生，回来点个什么？”递了一把手巾。林乃久的嘴在手巾里哼了句：“回头再说。”但是他再也坐不住。他想把那块钱给了茶房，就走。这块钱吸住了他的手，这末一块钱！他不能动了。浪漫，勇气，青春，生命，都被这块钱拿住，也被这块钱结束着。他坐着不动，渺茫，心里发冷。待会儿再走，反正是要走的。眼睛又碰上红纸条上的史莲霞！

② 他想着她：那么美，那么小，那么可怜！可怜；他并不爱她，可怜她的美，小，穷，与那——那什么？那容易到手的一块嫩肉！怜是需要报答的。但是一块钱是没法行善的。他还得走，马上走，叫史莲霞看见才没办法！上哪儿呢？世界上只剩了一块钱是他的，上哪儿呢？

假如有五块钱——不必多——他就可以在这儿舒舒服服的坐着；而且还可以随着莲霞姊妹到她们家里去喝一碗茶。只要五块钱，他就可以光明磊落的，大大方方的死。可是他只有一块；在死前连莲霞都不敢看一眼！残忍！

疲乏了，他知道他走了一天的道儿；哪儿都走到了，还是那一块钱。他就在这儿休息会儿吧；到底他还有一块钱。这一块钱能使他在这儿暖和两三点钟，他得利用这块钱；两三点钟以后，谁知道呢！

①台上一个只仗着点“白面儿”[1]活着的老人来摆鼓架。走还是不走？林乃久问他自己。没地方去；他没动。不看台上，想着他自己；活了二十多年没这么关心自己过；今天他一刻儿也忘不了自己。他几乎要立起来，对镜子看看他自己；可是没这个勇气。他知道自己体面，和他哥哥比起来，哥儿俩差不多是两个民族的。哥哥；他的钱只剩了一块，因为哥哥不再给。哥哥一辈子不肯吃点肉，可怜的乡下佬！哥哥把钱都供给我上学。哥哥不错，可是哥哥有哥哥的短处：他看不清弟弟在大城里上学得交际，得穿衣，得敷衍朋友们。哥哥不懂这个。林乃久不是没有人心的，毕业后他会报答哥哥的。想起哥哥他时常感激；有时候想在毕业后也请哥哥到城里来听听史莲霞。可是哥哥到底是乡下佬，不懂场面！

哥哥不会没钱，是不明白我，不肯给我。林乃久开始恨他的哥哥。他不知道哥哥到底有多少财产，他也不爱打听；他只知道哥哥不肯往外拿钱。他不能不恨哥哥；由恨，他想到一种报复——他自己去死，把林家的希望灭绝。

他老觉得自己是林家的希望；哥哥至好不过是个乡下佬。②“我死了，也没有哥哥的好处！”他看明白自己的死是一种报复，一种牺牲；他非去死不可，要不然哥哥总以为他占了便宜。只顾了这样想，台上已经唱起来。一个没有什么声音，而有不少乌牙的人，眼望着远处的灯，做着梦似的唱着些什么。没有人听他。林乃久可怜这个人，但是更可怜自己。他想给这个人叫个好，可是他的嘴张不开。假如手中有两块钱的话，他会赏给这个乌牙鬼一块，结个死缘；可是他只有一块。他得死，

❶伏笔

做开场布置的勤杂工必会做收场后的收拾打扫工作，为文章结尾老人扫地扫出林乃久的末一块钱埋下伏笔。

❷心理描写

林乃久也知道哥哥把钱都供给他上学，一辈子不肯吃点肉，现在却想着以死报复哥哥。哥哥的自我牺牲换来的不是感恩，而是恩将仇报。

[1] 白面儿，即海洛因。

给哥哥个报复，看林家还找得着他这样的人找不着！[1]他，懂得什么叫世面，什么叫文化，什么叫教育，什么叫前途！让哥哥去把着那些钱，绝了林家的希望！

那个乌牙鬼已经下去了，换上个女角儿来。林乃久的心一动；要是走，马上就该走了，别等莲霞上来，莲霞可是永远压台；他舍不得这个地方，这个暖气，这条生命；离开这个地方只有死在冷风里等着他！他没动。他听不见台上唱的是什么。他可是看了那个弹弦子的一眼，一个生人，长得颇像他的哥哥。他的哥哥！他又想起来：来听听曲子，就连捧莲霞都算上，他是为省钱，为哥哥省钱；哥哥哪懂得这个。头一次是老何带他到萃云楼来的。老何是多么精明的人：永远躲着女同学，而闲着听听鼓书。交女友得多少钱？听书才花几个子儿？就说捧，点一个曲儿不是才一块钱吗？哥哥哪懂得这个？假如像王叔远那样，钓上女的就去开房间，甚至于叫女友有了大肚子，得多少钱？林乃久没干过这样的事。同学不是都拿老何与他当笑话说吗：他们不交女友，而去捧莲霞！为什么，不是为省钱么？他和老何一晚上一共才花两块多钱，一人点一个曲子。不懂事的哥哥！

可是在他的怒气底下，他有点惭愧。他不止点曲子，他还给莲霞买过鞋与丝袜子。同学们的嘲笑，他也没安然的受着，他确是为莲霞失眠过。莲霞——比起女学生来——确是落伍。她只有好看，只会唱；她的谈吐，她的打扮，都落在女学生的后边。她的领子还是碰着耳朵；女学生已早不穿元宝领了。“她可怜，”他常这么想，常拿这三个字做原谅自己的工具。可是他也知道他确是有点“迷”。这个“迷”是立在金钱上；有两块钱便多听她唱两个曲子，多看她二十分钟。有五块钱便可以到她家去玩一点钟。[2]她贱！他不想娶她，他只要玩玩。她比女学生们好玩，她简单，美，知道洋钱的力量。为她，他实在没花过多少钱。可是间接的，他得承认，花的不少。他得打扮。他得请朋友来一同听她——去跳舞不

❶**双声话语**

鲜明地刻画出林乃久的自以为是和对哥哥的怨恨。世面不过是虚伪的表面浮华，文化和教育依然没摆脱封建传统文化的影响。

❷**议论**

在旧社会，艺人尤其是女艺人的地位是极其低下的，林乃久不过是把她当作了娱乐消遣的对象，满足其青春期的需求，与上文“他并不爱她”的内容相呼应。

也是交际么，这并不比舞场费钱——他有时候也陪着老何去嫖。但这都算在一块儿，也没有王叔远给人家弄出大肚子来花得多。至于道德，林乃久是更道德的。[①]不错，莲霞使他对于嫖感觉兴趣。可是多少交着女朋友的人们不去找更实用的女人去？那群假充文明的小鬼！

况且，老何是得罪不得的，老何有才有钱有势力；在求学时代交下个好友是必要的；有老何，林乃久将来是不愁没有事的。哥哥是个糊涂虫！

他本来是可以找老何借几块钱的，可是他不能，不肯；老何那样的人是慷慨的，可是自己的脸面不能在别人的慷慨中丢掉。况且，假如和老何去借，免不掉就说出哥哥的糊涂来，哥哥是乡下佬。不行，凭林乃久，哥哥是乡下佬？这无伤于哥哥，而自己怎么维持自己的尊严？林乃久死在城里也没什么，永远不能露出乡下气来。

台上换了金翠。他最讨厌金翠，一嘴假金牙，两唇厚得像两片鱼肚；眼睛看人带着钩儿。他不喜欢这个浪货；莲霞多么清俊，虽然也抹着红嘴唇，可是红得多么润！润吧不润吧，一块钱是跟那个红嘴不能发生关系的。他得走，能看着别人点她的曲子么？可是，除了宿舍没地方去。宿舍，像个监狱；一到九点就撤火。林乃久只剩了一条被子和身上那些衣裳。他不能穿着衣裳睡，也不能卖了大衣而添置被子；至死不能泄气。真的，在乡间他睡过土炕，穿过撅尾巴的短棉袄，但那是乡下。他想起同学们的阔绰来，越恨他的哥哥。同学们不也是由家里供给么？人家怎么穿得那么漂亮？是的，他自己的服装不算不漂亮，可是只在颜色与样子上，他没钱买真好的材料。这使他想起就脸红，乡下佬穿假缎子！[②]更伤心的是，这些日子就是匀得出钱也不敢去洗澡，贴身的绒衣满是窟窿！他的能力与天才只能使他维持着外衣，小衣裳是添不起的。他真需要些小衣裳，他冷。还不如压根儿就不上城里来。在乡下，和哥哥们一锅儿熬，

❶心理描写

批判别人是“假充文明的小鬼”，其实就是“五十步笑百步”的讽刺，他们的道德没有本质区别，都没有将女性视为真正平等的人。

❷细节描写

“绒衣满是窟窿”……林乃久没钱买小衣裳，却可以去萃云楼点曲子、给莲霞买鞋袜、花钱去她家，这是一个天才青年的算计吗？真是对比的讽刺。

熬一辈子，也好。[①]自然那埋没了他的天才，可是少受多少罪呢。不，不，还是幸而到城里来了；死在城里也是值得的。他见过了世面，享受了一点，即使是不大一点。那多么可怕，假如一辈子没离开过家！土炕，短棉袄，棒子面的窝窝，没有一个女人有莲霞的一零儿的俊美。死也对不起阎王。现在死是光荣的。他心里舒服了点，金翠也下去了。

❶心理描写 通过进城与否的价值分析，表现出林乃久可悲的人生价值观：他看重的依然是物质享受。

“莲霞唱个《游武庙》！”

林乃久几乎跳了起来。怎么莲霞这么早就上来？他往后扫了一眼，几个摆棋的老头儿已经停住，其中一个用小乌木烟袋向台上指呢。“啊，这群老家伙们也捧她！”林乃久咬着牙说。老不要脸！他恨，妒；他没钱，老梆子们有。她，不过是个玩物。

莲霞扭了出来。她扭得确是好。只那么几步，由台帘到鼓架。她低着点头，将将的还叫台下看得见她的红唇，微笑着。两手左右的找跨骨尖做摆动的限度，两跨摆得正好使上身一点不动，可是使旗袍的下边左右的摇摆。那对瘦溜的脚，穿着白缎子绣红牡丹的薄鞋，脚尖脚踵都似乎没着地，而使脚心揉了那么几步。到了鼓架，顺着低头的姿式一弯腰，长，慢，满带着感情的一鞠躬。[②]头忽然抬起来，像晓风惊醒了的莲花，眼睛扫到了左右远近，右手提了提元宝领，紧跟着拿起鼓槌，轻轻的敲着，随便的敲着鼓，随便的用脚尖踢踢鼓架，随便的摇着板，随便的看着人们。

❷比喻 把忽然抬头的史莲霞比作晓风惊醒的莲花，生动地写出了莲霞的娇美、动人心弦。

林乃久低下头去，怕遇上她的眼光。低着头把她的美在心里琢磨着。老何确是有见识，女学生是差点事的，他想。特别是那些由乡下来的女学生：大黑扁脸，大扁脚，穿着大红毛绳长坎肩！莲霞是城里的人，到底是城里的人！她只是穷，没有别的缺点；假如他有钱，或是哥哥的钱可以随便花……他知道她的模样：[③]长头发齐肩，拢着个带珠花的大梳子。长脸，脑门和下巴尖得好玩，小鼻子有个圆尖；眼睛小，可是双眼皮，有神；嘴顶好看……他还要看看，又不敢看；假如他手里有五块钱！

❸外貌描写 表现莲霞长相漂亮、精致的特点。

①莲霞的嗓音不大，可是吐字清楚，她的唇、牙、腮、手、眼睛都帮助她唱；她把全身都放在曲子里，她不许人们随便的谈笑，必得听着她。她个子不高，可是有些老到的结实的，像魔力的，一点精神。这点精神使她占领了这个大厅：那些光，烟，暖气，似乎都是她的。林乃久只有一块钱，什么也不是他的。

❶细节描写

生动地写出了莲霞的表演是全身心的投入，体现出了她的技艺高超。

可是，她也没有什么，除了这份本事。林乃久记得她家里只有个母亲和点破烂东西。她和他一样，财产都穿在身上。想到这儿，他真要走了；他和她一样？先前没想到过。先前他可怜她，现在是同病相怜。与一个唱鼓书的同病相怜？他一向是不过火的自傲，现在他不能过火的自卑。况且她的姐姐——史莲云——原先下过窑子呢！自己的哥哥至多不过是个乡下佬，她的姐姐下过窑子。②他不能再爱她；打算结婚的话，还得娶个女学生；莲霞只能当个妾。倒不是他一定拥护娶妾的制度，不是，可是……“莲霞，再唱个《大西厢》！”

❷心理描写

林乃久接受的是新教育，却满脑子旧思想，“贞节”是莲霞和女学生的一个很重要的区别。他们之间只是个人利益，完全不存在爱情。

林乃久连头也没抬。往常他只点她一个曲子，倒不专为省钱，是可怜她的嗓子；别人时常连点好几个曲儿，他不去和人家争强好胜；一连气唱几个，他不那么残忍。他拿她当个人待，她不是留声机。今天，他冷淡，别人点曲子，他听着，他无须可怜她。她受累，可是多分钱呢；他只有一块钱。他读书不完全为自己，可是没人给他钱，是的，钱是一切；有钱可以点她一百个曲子，一气累死她，或者用一堆钱买了她，专为自己唱。没有什么人道不人道。假若他明天来了钱，他可以一气点她几个曲子。谁知道世界是怎么回事呢；钱是顶宝贝的东西，真的。明天打哪儿会来钱呢？

莲霞还笑着，可是唱得不那么带劲了。

他看了台上一眼，莲霞的眼恰恰的躲开他。故意的，他想。手中就是短几块钱！她的眼向后边扫，后边人点的曲子。林乃久的怒气按不住了：“好！”他喊了出来。喊了，他看着莲霞。

❶神态描写

表现莲霞对林乃久的轻视，也包含着一丝愠怒，他坐了这么长时间，一个曲子没点，自会让她多想。

❷语言描写

表现了胖子对林乃久的蔑视、讽刺，表现出一种高高在上、有钱便是爷的姿态，是对林乃久尊严的触犯，引出下文的斗骂。

❸场景描写

很明显，茶房、茶客是拉了偏架的，两人的斗骂，胖子留下，林乃久被推出来，因为林乃久没有金钱做后盾。

①她嘴角上微微有点笑，冷笑，眼角撩了他一下，给他一股冷气。“好！”他又喊了。莲霞的眼向后边笑着一扫。后边说了话：“我花钱点她唱，没花钱点你叫好，我的老兄弟！”大厅里满了笑声。

林乃久站起来：“什么？”

②“我说，等我烦你叫好，你再叫；明白不明白？”后边笑着说。

林乃久看清，这是靠着窗子一个胖子说的。他没再说什么，抄起茶碗向窗户扔了去。哗啦，玻璃和茶碗全碎了。他极快的回头看了莲霞一眼。她已经不唱了，嘴张着点。“怎么着，打吗？”胖子立起来，往前奔。

大家全站起来。

“妈的有钱自己点曲呀，装他妈的孙子。”胖子被茶房拦住，骂得很起劲。

“太爷点曲子的时候，还他妈的没你呢！”林乃久可是真的往前奔。

“小子你掏出来，你他妈的要掏得出十块钱来，我姓你姥姥的姓！”

林乃久奔过去了。③茶房，茶客，乱伸手，乱嚷嚷，把他拦住。他在一群手里，一团声音里，一片灯光里，不知道怎的被推了出来。外边黑，冷，有风。他哆嗦开了，也冷静了。上哪儿去呢？他慢慢的下着楼。

走出去有半里地了，他什么也没想。霹雳过去了，晴了天，好像是。可是走着走着他想起刚才的事来，仿佛已隔了好久。他想回去，回到萃云楼下等莲霞出来；跟她说句话。最后的一句话似乎该跟她说，要对她说明他不是个光棍土匪，爱打架；他是为怜爱她才扔那个茶碗。可是这也含着点英雄气概：没有英雄气的人，至死也不会打架的。这个自然得叫莲霞表示出来，自己不便说自己怎么英雄。她看出这个来，然后，死也就甘心了。

可是他没往回走，他觉得冷。回宿舍去睡。想到宿舍更觉得有死的必要，凭林乃久就会只剩了一条被子？没有活着的味儿。好在还有一块钱，去买安眠药水吧。他摸了摸袋中，那块现洋没了。街上的铺子还开着，买安眠药水与死还都不迟，可是那块钱不在袋中了。想是打架的时候由袋里跳出去，惊乱中也没听到响儿。不能回去找，不能；要是张十块的票子还可以，一块现洋……自杀是太晚了，连买斤煤油的钱也没有了。他和一切没了关系，连死也算上。投河是可以不花钱。[①] 可是，生命难道就那么便宜？白白把自己扔在河里，连一个子儿都不值？

他得快走，风不大，可是钻骨头。快快的走，出了汗便不觉得冷了。他快走起来，心中痛快了些。听着自己的脚步声，蹬蹬的，他觉得他不该死。他是个有作为的人。应当设法过去这一关，熬到毕业他自然会报仇：哥哥，莲霞，那个胖子……都跑不了。他笑了。还加劲的走。笑完了，他更大方了，哥哥，莲霞，胖子都不算什么，自己得了志才不和他们计较呢。明天还是先跟老何匀几块钱，先打过这一关。

好像老何已经借给他了，他又想起萃云楼来。袋中有了钱，约上老何，照旧坐在前排，等那个胖子。老何是有势力的；打了那个胖子，而后一同到莲霞家中去；她必定会向他道歉，叫他林二爷，那个小嘴！就这么办。青春，什么是青春？假如没有这股子劲儿？

回到了宿舍，他几乎是很欢喜的。别的屋里已经有熄灯睡觉的了，这群没有生命的玩艺儿。他坐在了床上，看着自己的鞋尖，满是土。屋里冷。坐了会儿，他不由的倒在床上。[②] 渺茫，混乱，金钱，性欲，拘束，自由，野蛮与文化，残忍与漂亮，青春与老到，捻成了一股邪气，这股气送他进入梦中。

萃云楼的大厅已一点亮儿没有了，他轻手蹑脚的推开了门，在满盖着瓜子皮烟卷头的地上摸他那块洋钱……可是萃云楼在

❶反问

林乃久自我感觉生命珍贵，与上文各种想死形成强烈反差，表明他自欺欺人的懦弱。他思想的本质是利己主义。

❷画龙点睛

对林乃久的生活状态进行了总结性描述，都是腐朽的、冷酷的，那股邪气就是堕落的泥潭，林乃久已经深陷其中。

事实上还有灯亮儿；客已散净；只仗着点“白面儿”活着的那个人正在扫地。哗啷一声，他扫出一块现洋：“啊，还是有钱的人哪，打架都顺便往下掉现洋，”他拾起钱来，吹了吹，放在耳旁听听：“是真的！别再猫咬尿胞瞎喜欢！”放在袋中，一手扫地，一手按着那块钱。[1]他打算着：还是买双鞋呢，还是……他决定多买四毛钱的“白面儿”，犒劳犒劳自己。

原载1935年1月1日《国闻周报》第12卷第1期

❶心理描写 一个当勤杂工的老人，其生活困境可想而知，他捡到一块钱，思前想后最终决定用来买毒品，畸形堕落的心理折射出社会的黑暗。

“末一块钱”映射着林乃久的虚荣、自私，爱情、亲情、友情都因它而覆灭。林乃久痴迷的是见世面的物质享受，真是不学无术的堕落。

延伸思考

1. 林乃久对哥哥的情感态度是怎样的？

2. “末一块钱”在文中起到了什么作用？

3. 林乃久对史莲霞有真爱吗？

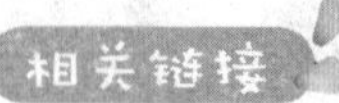

林乃久的哥哥卖苦力供他读书，他却怨恨哥哥给钱少还想报复哥哥。可见我们无法感动一个不懂得感恩的人，思想的教育和知识的教育同等重要。

毛毛虫

名师导读

毛毛虫，一个大学毕业的新青年，既有老婆，又有新太太，而且与新太太每月月底打一架，因为他们婚姻的基础是金钱。老舍以这篇小说批判了新旧交替时代的畸形婚姻。

我们这条街上都管他叫毛毛虫。他穿的也怪漂亮，洋服，大氅，皮鞋，唧咛的。可是他不顺眼，①圆葫芦头上一对大羊眼，老用白眼珠瞧人，仿佛是。尤其特别的是那两步走法儿：他不走，他曲里拐弯的用身子往前躬。遇到冷天，他缩着脖，手伸在大衣的袋里，顺着墙根躬开了，更像个毛毛虫。邻居们都不理他，因为他不理大家；惯了以后，大家反倒以为这是当然的——毛毛虫本是不大会说话儿的。我们不搭理他，可是我们差不多都知道他家里什么样儿，有几把椅子，痰盂摆在哪儿，和毛毛虫并不吃树叶儿，因为他家中也有个小厨房，而且有盘子碗什么的。我们差不多都到他家里去过。每月月底，我们的机会就来了。他在月底关薪水。他一关薪水，毛毛虫太太就死过去至少半点

①外貌、动作描写

交待了“毛毛虫”这个绰号的由来。圆葫芦头上大羊眼使人想到动画毛毛虫的形象。对他动作的描写刻画出他走路的可笑姿态，让人忍俊不禁。

多钟儿。

我们不理他，可是都过去救他的太太。毛毛虫太太好救：只要我们一到了，给她点糖水儿喝，她就能缓醒过来，而后当着大家哭一阵。他一声也不出，冲着墙角翻白眼玩。我们看她哭得有了劲儿，就一齐走出来，把其余的事儿交给毛毛虫自己办。①过两天儿，毛毛虫太太又打扮得花枝招展的出来卖呆儿[1]，或是夹着小红皮包上街去，我们知道毛毛虫自己已把事儿办好，大家心里就很平安，而稍微的嫌时间走得太慢些，老不马上又是月底。按说，我们不应当这样心狠，盼着她又死过去。可是这也有个理由：她被我们救活了之后，并不向我们道谢，遇上我们也不大爱搭理。她成天价不在家，据她的老妈子说，她是出去打牌；她的打牌的地方不在我们这条街上。因此，我们对她并没有多少好感。

❶行为描写

写毛毛虫太太要么出来卖弄风骚，要么出去打牌，从来没有正经事做，就是一漂亮摆设。暗示毛毛虫已经满足了她的要求。

不过，我们不能见死不救。况且，每月月底老是她死过去，而毛毛虫只翻翻白眼，我们不由的就偏向着她点，虽然她不跟我们一块儿打牌。假若她肯跟我们打牌，或者每月就无须死那么一回了，我们相信是有法儿治服毛毛虫的。话可又说回来，我们可不只是恼她不跟我们打牌，她还有没出息的地方呢。她不管她的两个孩子。一男一女，挺好的两孩子。哼，②舍哥儿似的[2]一天到晚跟着老妈子，头发披散得小鬼似的，脸永远没人洗，早晨醒了就到街门口外吃落花生。我们看不上这个，我们虽然也打牌，虽然也有时候为打牌而骂孩子一顿，可不能大清早起的就给孩子落花生吃。我们都知道怎样喂小孩代乳粉。我们相信我们这条街是非常文明的，假若没有毛毛虫这一家子，我们简直可以把街名改作"标准街"了。可是我们不能撵他搬家，我们既不是他的房东，不能狗拿耗子多管闲事。况且，他

❷外貌、动作描写

写毛毛虫的两个孩子邋遢的形象，他们得不到父母的关爱照顾，让人心生怜悯。从侧面表现出毛毛虫夫妇的冷漠自私。

注释

[1] 卖呆儿，在大门口闲站着看来往行人，也有意让别人看自己。
[2] 舍哥儿似的，没人搭理、照管，可怜的样子。

也是大学毕业，在衙门里做着事；她呢，也还打扮得挺像样，头发也烫得曲里拐弯的。这总比弄一家子“下三烂”来强，我们的街上不准有“下三烂”。这么着，他们就一直住了一年多。一来二去的我们可也就明白了点毛毛虫的历史。我们并不打听，不过毛毛虫的老妈子给他往外抖啰，我们也不便堵上耳朵。我们一知道了他的底细，大家的意见可就不像先前那么一致了。

先前我们都对他俩带理不理的无所谓，他们不跟我们交往，拉倒，我们也犯不上往前巴结，别看他洋服啷哨儿的。她死过去呢。我们不能因为她不识好歹而不做善事，谁不知道我们这条街上给慈善会捐的小米最多呢。赶到大家一得到他俩的底细，可就有向着毛毛虫的，也有向着毛毛虫太太的了。因为意见不同，我们还吵过嘴。俗语说，① 有的向灯，有的向火，一点也不错。据我们所得的报告是这样：毛毛虫是大学毕业，可是家中有个倒倒脚[1]，梳高冠的老婆。所以他一心一意的得再娶一个。在这儿，我们的批语就分了岔儿。在大学毕过业的就说毛毛虫是可原谅的，而老一辈的就用鼻子哼。我们在打牌的时候简直不敢再提这回事，万一为这个打起来，才不上算。一来二去的，毛毛虫就娶上了这位新太太。

听到这儿，我们多数人管他叫骗子手。可是还有下文呢，② 有条件：他每月除吃穿之外，还得供给新太太四十块零花。这给毛毛虫缓了口气，而毛毛虫太太的身份立刻大减了价。结婚以后——这个老妈子什么都知道——俩人倒还不错，他是心满意足，她有四十块钱花着，总算两便宜。可是不久，倒倒脚太太找上来了。不用说呀，大家闹了个天翻地覆。毛毛虫又承认了条件，每月给倒倒脚十五块零花，先给两个月的。拿着三十块钱，她回了乡下，临走的时候留下话：不定几时她就回

❶引用谚语

形象生动，幽默风趣，写出大家意见不一致，有向着毛毛虫的，有向着毛毛虫太太的。引出下文对毛毛虫家庭情况的具体叙述。

❷点睛之笔

揭露了毛毛虫和新太太的关系：金钱买卖关系。他们之间不存在爱情，只是满足各自利益。这样的婚姻注定有矛盾。

[1] 倒倒脚，形容缠小脚走路迈不开步，只能小步迈腿。

来！毛毛虫也怪可怜的，我们刚要这样说，可是故事又转了个弯。他打算把倒倒脚的十五块由新太太的四十里扣下：他说他没能力供给她们俩五十五。挣不来可就别抱着俩媳妇呀，我们就替新太太说了。为这个，每月月底就闹一场，那时候她可还没发明出死半点钟的法儿来。那时候她也不常出去打牌。直赶到毛毛虫问她："你有二十五还不够，非拿四十干什么呀？！"她才想出道儿来，打牌去。她说的也脆："全数给我呢，没你的事；要不然呢，我输了归你还债！"毛毛虫没说什么，可是到月底还不按全数给。她也会，两三天两三天的不起床，非等拿到钱不起来。拿到了钱，她又打扮起来，花枝招展的出去，好像什么心事也没有似的。[①]"你是买的，我是卖的，钱货两清。"她好像是说。又过了几个月，她要生小孩了。

①语言描写 点出他们的婚姻实质。毛毛虫太太都不把自己当人，完全不知道什么是人格，什么是尊严，这是那个时代一部分女性的悲哀，也是社会的悲哀。

毛毛虫讨厌小孩，倒倒脚那儿已经有三个呢，也都是他的"吃累"。他没想到新太太也会生小孩。毛毛虫来了个满不理会。爱生就生吧，眼不见心不烦，他假装没看见她的肚子。他不是不大管这回事吗，倒倒脚太太也不怎么倒直在心。到快生小孩那两天，她倒倒着脚来了。她服侍着新太太。毛毛虫觉得是了味，新太太生孩子，旧太太来伺候，这倒不错。赶到孩子落了草儿，旧太太可拿出真的来了。她知道，此时下手才能打老实的。产后气郁，至少是半死，她的报仇的机会到了。她安安顿顿的坐在产妇面前，指着脸子骂，把新太太骂昏过去多少次，外带着连点糖水儿也不给她喝；骂到第三天，她倒倒着脚走了，把新太太交给了老天爷，爱活爱死随便，她不担气死新太太的名儿。新太太也不想活着，没让倒倒脚气死不是，她自己找死，没出满月她就胡吃海塞。这时候，毛毛虫觉得不大上算了，假如新太太死了，再娶一个又得多少钱，他给她请了大夫来。一来二去的，她好了。

②照应 与上文对两个孩子的描述相呼应，交待了孩子无父母照看的原因。对自己的孩子都没爱的父母，他们对社会一定也没有益处。

[②]好了以后，她跟毛毛虫交涉，她不管这个孩子。毛毛虫没说什么；于是俩人就谁也不管孩子。太太照常出去打牌，照

常每月要四十块钱。毛毛虫要是不给呢，她有了新发明，会死半点钟。头生儿是这样，第二胎也是这样。就是这么一回事。我们听到了这儿，大家倒没了意见啦，因为怎么想怎么也不对了。说倒倒脚不对吧，不应下那个毒手，可是她自己守着活寡呢。说新太太不对吧，也不行，她有她的委屈。充其极也不过只能责备她不应当拿孩子杀气，可是再一想，她也有她的道理，凭什么毛毛虫一点子苦不受，而把苦楚都交给她呢？她既是买来的——每月四十块零花不过说着好听点罢了——为什么管照料孩子呢，毛毛虫既不给她添钱。说来说去，仿佛还是毛毛虫不对，可是细一给他想，他也是乐不抵苦哇。

旧太太拿着他的钱恨他，新太太也拿着他的钱恨他，临完他还得拼着命挣钱。这么一想，我们大家都不敢再提这件事了，提起来心里就发乱。可是我们对那俩孩子改变了点态度，我们就看这俩小东西可怜——我们这条街上善心的人真是不少。近来每逢我们看见俩孩子在街上玩，就过去拍拍他们的脑瓜儿，有时候也给他们点吃食。[1] 对于那俩大人，我们有时候看见他们可怜，有时候可气。

可是无论如何，我们在他俩身上找到一点以前所没看到的什么东西，一点像庄严的悲剧中所含着的味道。似乎他俩的事不完全在他们自己身上，而是一点什么时代的咒诅在他们身上应验了。所以近来每到月底，当她照例死半点钟的时候，去救护的人比以前更多了。谁知道他们将来怎样呢！

原载 1935 年 1 月 10 日《水星》第 1 卷第 4 期

❶直抒胸臆

表达了对毛毛虫夫妇的情感态度。可怜他们之间只是金钱交易、物质婚姻。可气他们每月月底打架、不照看孩子、不配为人父母。

精华赏析

倒倒脚在得知毛毛虫有新太太后，先是闹出金钱保障，后又假陪产，再爽骂虐待产妇，泼辣而有心机，但又是封建婚姻的受害者。

延伸思考

1. 毛毛虫有几个老婆？

2. 毛毛虫太太为什么每月月底死半点钟？

3. 文中的“我们”是一群什么样的人？

相关链接

倒倒脚属于封建包办婚姻，新太太属于物质婚姻，总之是没有爱情的婚姻，也是没有爱情的夫妻关系。反映出新旧交替时代思想文化碰撞中产生的病态婚姻：旧的不舍弃，新的无道德。

善　人

名师导读

胖胖的穆女士，一气能睡到九点，因为她要为社会心疼自己，醒来后她就要不停地忙碌起来了，去做救世的、体谅人怜爱人的善人。

汪太太最不喜欢人叫她汪太太；她自称穆凤贞女士，也愿意别人这样叫她。[①]她的丈夫很有钱，她老实不客气的花着；花完他的钱，而被人称穆女士，她就觉得自己是个独立的女子，并不专指着丈夫吃饭。

❶对比　穆女士靠丈夫的钱养着，她还认为自己是“独立”的，很明显是在自欺欺人，很虚伪。这样的人怎么会成为善人！

穆女士一天到晚不用提多么忙了，又搭着长的富泰，简直忙得喘不过气来。不用提别的，就光拿上下汽车说，穆女士——也就是穆女士！——一天得上下多少次。哪个集会没有她，哪件公益事情没有她？换个人，那么两条胖腿就够累个半死的。穆女士不怕，她的生命是献给社会的；那两条腿再胖上一圈，也得设法带到汽车里去。她永远心疼着自己，可是更爱别人，她是为救世而来的。

穆女士还没起床，丫环自由就进来回话。她嘱咐过自由们不止一次了：她没起来，不准进来回话。丫环就是丫环，叫她“自由”也没用，天生来的不知好歹。[1]她真想抄起床旁的小桌灯向自由扔了去，可是觉得自由还不如桌灯值钱，所以没扔。

❶心理描写

表现穆女士脾气火爆，但又吝啬地精打细算。在她眼中，人不如桌灯值钱，可见她是没有平等观念的，这也不是善的表现。

“自由，我嘱咐你多少回了！”穆女士看了看钟，已经快九点了，她消了点气，不为别的，是喜欢自己能一气睡到九点，身体定然是不错；她得为社会而心疼自己，她需要长时间的睡眠。

“不是，太太，女士！”自由想解释一下。

“说，有什么事！别磨磨蹭蹭的！”

“方先生要见女士。”

“哪个方先生？方先生可多了，你还会说话呀！”

“老师方先生。”

“他又怎样了？”

“他说他的太太死了！”自由似乎很替方先生难过。

“不用说，又是要钱！”穆女士从枕头底下摸出小皮夹来：“去，给他这二十，叫他快走；告诉明白，我在吃早饭以前不见人。”

自由拿着钱要走，又被主人叫住：[2]“叫博爱放好了洗澡水；回来你开这屋子的窗户。什么都得我现告诉，真劳人得慌！大少爷呢？”

❷语言描写

洗澡水丫环放、窗户丫环开、孩子丫环管，穆女士只会动嘴，就这样还感觉劳烦，表现出她养尊处优、颐指气使的特点。

“上学了，女士。”

“连个 kiss 都没给我，就走，好的。”穆女士连连的点头，腮上的胖肉直动。

“大少爷说了，下学吃午饭再给您一个 kiss。”自由都懂得什么叫 kiss、pie 和 bath。

“快去，别废话；这个劳人劲儿！”

自由轻快的走出去，穆女士想起来：方先生家里落了丧事，二少爷怎么办呢？无缘无故的死哪门子人，又叫少爷得荒废好几天的学！穆女士是极注意子女们的教育的。博爱敲门，“水好了，女士。”

穆女士穿着睡衣到浴室去。雪白的澡盆，放了多半盆不冷不热的清水。凸花的玻璃，白磁砖的墙，圈着一些热气与香水味。

一面大镜子，几块大白毛巾；胰子盒，浴盐瓶，都擦得放着光。她觉得痛快了点。把白胖腿放在水里，她楞了一会儿；水给皮肤的那点刺激使她在舒适之中有点茫然。她想起点久已忘了的事。坐在盆中，她看着自己的白胖腿；腿在水中显着更胖，她心中也更渺茫。用一点水，她轻轻的洗脖子；洗了两把，又想起那久已忘了的事——自己的青春：二十年前，自己的身体是多么苗条，好看！她仿佛不认识了自己。想到丈夫，儿女，都显着不大清楚，他们似乎是些生人。她撩起许多水来，用力的洗，眼看着皮肤红起来。她痛快了些，不茫然了。①她不只是太太，母亲；她是大家的母亲，一切女同胞的导师。她在外国读过书，知道世界大势，她的天职是在救世。

可是救世不容易！二年前，她想起来，她提倡沐浴，到处宣传："没有澡盆，不算家庭！"有什么结果？人类的愚蠢，把舌头说掉了，他们也不了解！摸着她的胖腿，她想应当灰心，任凭世界变成个狗窝，没澡盆，没卫生！可是她灰心不得，要牺牲就得牺牲到底。她喊自由："窗户开五分钟就得！"

"已经都关好了，女士！"自由回答。

穆女士回到卧室。五分钟的工夫屋内已然完全换了新鲜空气。她每天早上得做深呼吸。院内的空气太凉，屋里开了五分钟的窗子就满够她呼吸用的了。先弯下腰，她得意她的手还够得着脚尖，腿虽然弯着许多，可是到底手尖是碰了脚尖。俯仰了三次，她然后直立着喂了她的肺五六次。她马上觉出全身的血换了颜色，鲜红，和朝阳一样的热、艳。"自由，开饭！"

穆女士最恨一般人吃得太多，所以她的早饭很简单：一大盘火腿蛋两块黄油面包，草果果酱，一杯加乳咖啡。②她曾提倡过俭食：不要吃五六个窝头，或四大碗黑面条，而多吃牛乳与黄油。没人响应；好事是得不到响应的。她只好自己实行这个主张，自己单雇了个会做西餐的厨子。吃着火腿蛋，她想起方先生来。方先生教二少爷读书，一月拿二十块钱，不算少。她就怕寒苦的人有多挣钱的机会；钱在她手里是钱，到了穷人

❶心理描写

母亲的角色是温柔慈爱的，导师是有丰富常识和高尚师德的，而这些与穆女士毫无关系，她的这种自我标榜其实是可笑的自恋自大。

❷对比

牛乳与黄油比窝头、黑面条要贵得多，穷人是吃不起的，穆女士却说那是节俭，她是有多无知。反话正说，增强讽刺性。

手里是祸。她不是不能多给方先生几块，而是不肯，一来为怕自己落个冤大头的名儿，二来怕给方先生惹祸。连这么着，刚教了几个月的书，还把太太死了呢。不过，方先生到底是可怜的。她得设法安慰方先生："自由，叫厨子把'我'的鸡蛋给方先生送十个去；嘱咐方先生不要煮老了，嫩着吃！"

穆女士咂摸着咖啡的回味，想象着方先生吃过嫩鸡蛋必能健康起来，足以抵抗得住丧妻的悲苦。继而一想呢，方先生既丧了妻，没人给他作饭吃，以后顶好是由她供给他两顿饭。[①]她总是给别人想得这样周到；不由她，惯了。供给他两顿饭呢，可就得少给他几块钱。他少得几块钱，可是吃得舒服呢。方先生应当感谢她这份体谅与怜爱。她永远体谅人怜爱人，可是谁体谅她怜爱她呢？想到这儿，她觉得生命无非是个空虚的东西；她不能再和谁恋爱，不能再把青春唤回来；她只能去为别人服务，可是谁感激她，同情她呢？

❶反语

穆女士不是为别人想得周到，而是为自己想得周到，供方先生饭就要扣他的钱，讽刺了她的自私、冷漠和虚伪。

她不敢再想这可怕的事，这足以使她发狂。她到书房去看这一天的工作；工作，只有工作使她充实，使她疲乏，使她睡得香甜，使她觉到快活与自己的价值。

她的秘书冯女士已经在书房里等了一点多钟了。冯女士才二十三岁，长得不算难看，一月挣十二块钱。穆女士给她的名义是秘书，按说有这么个名义，不给钱也满下得去。穆女士的交际是多么广，做她的秘书当然能有机会遇上个阔人；假如嫁个阔人，一辈子有吃有喝，岂不比现在挣五六十块钱强？穆女士为别人打算老是这么周到，而且眼光很远。见了冯女士，穆女士叹了口气："哎！今儿个有什么事？说吧！"她倒在个大椅子上。

冯女士把记事簿早已预备好了：[②]"今儿个早上是，穆女士，盲哑学校展览会，十时二十分开会；十一点十分，妇女协会，您主席；十二点，张家婚礼；下午……"

❷语言描写

交待穆女士一天的时间安排，从她吃完早饭后的每一个小时都有不同的事情，与第二自然段相呼应，突出穆女士的忙碌。

"先等等，"穆女士又叹了口气，"张家的贺礼送过去没有？"

"已经送过去了，一对鲜花篮，二十八块钱，很体面。"

“啊，二十八块的礼物不太薄——”

[①] “上次汪先生做寿，张家送的是一端寿幛，并不——”

“现在不同了，张先生的地位比原先高了；算了吧，以后再找补吧。下午一共有几件事？”

“五个会呢！”

“哼！甭告诉我，我记不住。等我由张家回来再说吧。”穆女士点了根烟吸着，还想着张家的贺礼似乎太薄了些。“冯女士，你记下来，下星期五或星期六请张家新夫妇吃饭，到星期三你再提醒我一声。”

冯女士很快的记下来。

“别忘了问我张家摆的什么酒席，别忘了。”

“是，穆女士。”

穆女士不想上盲哑学校去，可是又怕展览会照像，像片上没有自己，怪不合适。她决定晚去一会儿，顶好是正赶上照像才好。这么决定了，她很想和冯女士再说几句，倒不是因为冯女士有什么可爱的地方，而是她自己觉得空虚，愿意说点什么，解解闷儿。她想起方先生来：“冯，方先生的妻子过去了，我给他送了二十块钱去，和十个鸡子，怪可怜的方先生！”穆女士的眼圈真的有点发湿了。

[②] 冯女士早知道方先生是自己来见汪太太，她不见，而给了二十块钱，可是她晓得主人的脾气：“方先生真可怜！可也是遇见女士这样的人，赶着给他送了钱去！”

穆女士脸上有点笑意，“我永远这样待人；连这么着还讨不出好儿来，人世是无情的！”

“谁不知道女士的慈善与热心呢！”

“哎！也许！”穆女士脸上的笑意扩展得更宽了些。

“二少爷的书又得荒废几天！”冯女士很关心似的。“可不是，老不叫我心静一会儿！”

“要不我先好歹的教着他？我可是不很行呀！”“你怎么不行！我还真忘了这个办法呢！你先教着他得了，我白不了你！”

❶对话描写

依照礼尚往来的记录，给张家的贺礼是体面的，但现在张先生地位提高，穆女士就想多送，表现出她的趋炎附势。

❷语言描写、伏笔

冯女士知道真相却故意掩盖事实来讨主人的欢心，表现了她善于察言观色、曲意逢迎的特点，为后文乐于取代方先生埋下伏笔。

读书笔记

"您别又给我报酬，反正就是几天的事，方先生事完了还叫方先生教。"

穆女士想了会儿，"冯，简直这么办好不好？你就教下去，我每月一共给你二十五块钱，岂不整重？"

"就是有点对不起方先生！"

"那没什么，反正他丧了妻，家中的嚼谷小了；遇机会我再给他弄个十头八块的事；那没什么！我可该走了，哎！一天一天的，真累死人！"

原载 1935 年 4 月 15 日《新小说》第 1 卷第 3 期

精华赏析

穆女士在她家的家庭教师方先生报丧时避而不见，让丫环拿钱打发了；认为方先生吃了她送的鸡蛋就"足以抵抗得住丧妻的悲苦"；最终在方先生承受丧妻之痛时又辞掉了他。这些无不体现着她的冷酷自私，无情地撕掉了她"伪善"的外衣。

延伸思考

1. 小说对于丫环的取名有什么用意？
2. 穆女士同情方先生的不幸遭遇吗？
3. 穆女士的忙碌有意义吗？

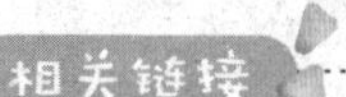

相关链接

反语修辞的使用是这篇小说的一大特色：把对汪先生的"依附"说成"独立"，对丫环"专制"却给她们取名"自由""博爱"，早餐"丰盛"说成"简单"，把对方先生的算计说成"体谅"与"怜爱"等无不让人感到可笑可鄙，增强了讽刺的力量，突出人物伪善的特点。

八太爷

名师导读

王二铁，面黑身短，一心想成为大盗康小八那样的人物，在母亲死后卖地卖房去北平追求理想，最终惨死在日本人的刀下。

王二铁只念过几天私塾，斗大的字大概认识几个。他对笔墨书本全无半点好感，却喜的是踢球打拐，养鸟放风筝。[1]他特别不喜爱书本。给他代替书本的是野台戏评书，和乡里的小曲与传说——他从这里受到教育。

❶伏笔

王二铁没接受过正规教育，又无人指点，他从野台戏、乡里小曲与传说中得到的就是片面的个人英雄主义思想，为他的结局埋下伏笔。

他羡慕闲书、戏出与传说中的英雄好汉，而且在乡间械斗与唱戏的时候，他的行动，在他自己想，也的确有些英雄好汉的劲儿。就以唱戏来说吧，他总被管事的派作台下打手。假若有人在戏场上调戏妇女或故意捣乱，以至教秩序没法维持下去，管事的便大喝一声“拉出去”，而王二铁与其余的打手，便把闹事的拉出去饱打一顿。这样的尽力维持秩序，当然有一点报酬：管事的把末一天的戏完全交给打手们去调动，打手就必然的专点妇女们绝不敢来看的戏，而尽量的享受一天。可是，打手们的业务与权利并不老是这么轻快可喜。假若被打的人想报复，而结队前来挑战骂阵，即使是在戏已杀台后的许多天，打手们也还得义不容辞的去迎战；宁可掉了脑袋，也不能屈膝。[①]掉脑袋的事儿虽然不是好玩的，可是为了看末一天的“荣誉”戏，王二铁与他的伙伴们谁也不肯退后示弱；只要有戏他们总是当然的打手。

❶议论

表面上写出了王二铁与伙伴们的勇敢，有舍生为戏的痴迷，但他们痴迷的不是戏本身，而是戏中所表现的英雄人物及其身上的英雄主义。

在王二铁所知道的一批英雄之中，如张飞、李逵、武松、黄天霸等，他最佩服康小八。这有些原因：第一，康小八是在西太后当政的时候，使北京城里城外军民官吏一概闻名丧胆，而且使各州府县都感到兴奋与恐怖的人物。现在的七八十岁的老人，还有亲眼看见过他的。口头的描写比文字更有力量。王二铁只在舞台上看见过黄天霸与李逵，可是常由人们的口中听到康小八；康小八差不多是还活着呢。黄天霸只会打镖，而康小八用的是一对手枪。手枪，这是多么亲切，新颖，使人口中垂涎的东西呀！有了会打手枪的好汉在眼前，谁还去羡慕那手使板斧，或会打甩头一子的人物呢。第二，据说康小八是个黑矮个子，有两条快腿。王二铁呢，也是面黑如铁，而且身量不高。他的伙伴们往往俏皮他面黑身短。他明知道这不过是大家开开玩笑，并无损于他的尊严，可是他心中总多少有点不大得味儿。他想洗刷这个小小的“污点”。舞台上的黄天霸，他看，老是很漂亮的脸上敷粉，头上戴满了绒球的人。他开始反对黄天霸，及至他看过了《东皇庄》，扮康小八的是便衣薄底快靴，远不及黄天霸的漂亮威风，而要的却是真刀真枪，[②]他马上得到了一个满意的结论：黄天霸不过是个小白脸，康小八——跟他自己一样的又矮又黑——才是真正的好汉，为了这个结论，他和伙伴们打过许多次架。越打架，他越下工夫练拳，踢桩子，摔跤，拿大顶，好去在众人面前证明他是康小八转世，而康小八的确比黄天霸更利害。

❷心理描写

表现出王二铁的自我心理对照，因为自己又矮又黑，所以与他有共同点的康小八就成了他盲目崇拜的偶像，可见他不辨对错是非。

拳头硬会使矮子变成高子，黑的变成白的。没人再敢俏皮王二铁了，因为痛快了嘴而委屈了身上是不大合算的。可是，拳头也还有打不到的地方。大家不敢明言，却在背地里唧咕。他们暗中给他起了个外号——东洋鬼！①在形象上，东洋鬼暗示出矮的意思；在心理上，大家表示出恨恶他，正和恨恶日本人似的。

二铁的憎恶日本人，正和别的乡下人一样。他不知道日本侵略中国的历史，但是日本人这一名词在他心中差不多和苍蝇臭虫同样的讨厌。现在“东洋鬼”加在他自己身上了，他没法忍受。他想用拳头消灭这个可恶的绰号。可是，大家并不明言，而只用眼光把它射出来！他想离开故乡。

他早就想离开家乡——北平北边，快到昌平的大柳庄。为了实现自己的理想，他非走不可。他的身量、面色、力气、脚程，都像康小八。康小八是个赶驴的，他自己是庄稼汉，好汉不怕出身低呀。面对着北山，他时常出着神的盘算：假若有几百喽啰兵，由他率领，把住山口，打劫来往客商。而后等粮足马壮，再插起杏旗替天行道，救弱扶贫，他岂不就成了窦尔敦么？但是，窦寨王也比不了康小八。②康八太爷没有喽啰，没有山寨，而敢在北京城里作案。作了案之后，大摇大摆的走进茶馆酒肆，连办案的巡缉暗探都得赶过来，张罗着会八太爷的钞。一语不合，掏出手枪，砰！谁管你是公子王孙，还是文武官员，八太爷是毫不留情的。到投案打官司的时候，人家八太爷入了北衙门，还是脚上没镣，手上没铐，自自在在的吃肉喝酒耍娘们。在南衙门定案之后，连西太后都要看看这个黑矮子。到了菜市口，八太爷自己跳上凌迟柱子下倒放着的筐子，面不改色。不准用针点心，不准削下头皮遮住眼睛，人家八太爷睁眼看着自己的乳头、自己的胳臂被刽子手割下，而含笑的高声的问：“八太爷变了颜色没有？”成千成万的人一齐喝彩：“好吗！”这才算是好汉，连窦尔敦也还差点劲儿啊！

康小八差不多附了二铁的体。二铁不闲着则已，一有空闲，他就不由的质问自己，为什么那个黑矮子可以作出惊天动地的

❶铺垫

大家在武力上不能战胜王二铁，于是针对王二铁的形象和心理弱点进行了精神攻击，为他想离开故乡作了铺垫。

❷插叙、伏笔

插入康小八的故事，丰富了小说的内容，表明了王二铁崇拜康小八的原因：武功高强、单枪匹马闯天下、硬气。也为他的结局埋下了伏笔。

事来，而自己这个黑矮子只蹲在家里拔麦子耪大地？他渴想得到一把手枪。有了枪，他便上北平。他不再面对着北山出神了，北平才是真正可以露脸的地方；他的心和脸一齐朝了南。

可是，他得不到手枪。即使能以得到，他也还走不开。他的老母亲还活着呢。他并不怕母亲，也未曾从书本上明白了何为孝道。也许是什么一点民族文化的胶合力吧，把他多多少少的粘在中国的历史上，他究竟是个中国人，因而他对母亲就有许多不好意思的地方。①好像母亲的手中有一根无形的绳子，把他这条野驴拴在门外的榆树上。他时时想不辞而别。有时候他真的走出一二十里去，虽然腰里没有手枪，可是带着一些干粮。走来走去，他拨转了马头。不行，老母亲的白发与没了牙的嘴不容许他去作英雄。走回家来，他无论是拔麦子，还是劈高粱叶，都在全村考第一。他把作英雄的力气用在作庄稼活上。不为讨谁的好，只为把力气消耗出去。因此，虽然他被仇人们叫作“东洋鬼”，可是一般的人凭良心说话的时节，还不能不夸赞他两句：“二铁虽然是好闹事的糊涂虫，对他娘可是还不错呀！”

❶比喻　把亲情比作无形的绳子，生动形象地写出中华传统的孝道对王二铁潜移默化的深刻影响，突出王二铁的孝敬，引出伙伴们的夸赞。

在七七抗战那年的春天，王老太太死了。二铁哭了一大阵，而后卖了二亩田，喝了半斤白干，把母亲埋葬了。丧事办完之后，他没心去作什么，只穿着孝袍子在村子外边绕来绕去。正是农忙的时候，而二铁绝对不肯去忙。村中的老人们看出点危险来。在吃过晚饭，点上叶子烟的时候，他们低声的说出预言：②“这小子没了娘，还怕谁呢？看着吧，说不定就会好吃懒作，把田卖净。再没事儿弄点猫尿，喝醉了胡来。把钱花光，他要不做贼，算我没长来眼睛！”随着这预言而来的恐惧不止一款：他会酗酒闹事，会调戏妇女，会勾结土匪，会引诱年轻人学坏……

❷语言描写　村中老人对王二铁的未来情况猜测，一方面是王二铁的日常表现在他们心中的投影，另一方面也表现了他们的冷漠。

可是，二铁毫无动作。他常常坐在母亲的坟头儿前面，脸朝南发愣。要不然，他在村外的水塘边上去照自己的脸。白色的孝衣，把他的脸衬得更黑。他一边照影，一边用手摸他的脸。他的脸上每一块肉几乎都是硬的，处处都见棱见角。这样坚硬而多棱角的脸是不会很体面的，可是摸起来倒教他高兴，硬汉当然有一副硬脸啊。只有他的矮趴趴的鼻子头有点软活劲儿。①当他看厌了自己的时候，他便抬着头出神，用三个手指揪，揉，拉，他的鼻头，好像很好玩似的。

❶动作描写

表面上王二铁是在玩弄他的鼻头，实际上反映出他在母亲去世后的无所依托、无比寂寞空虚、对于前途又很茫然的状态。

忽然的，他把所有的一点点地全卖了。卖得很便宜。村中的长辈们差不多不敢正眼看他了，他们预言的一部分已经应验，而提心吊胆的等待着明天的发展。同时，卖肉的，卖酒的，甚至于连推车卖布的，都一致的在王家门外多吆喝几声。有时候，他们在路上遇到他，便也立住和他闲扯几句，而眼光射在他的腰间。可是，他的手老不去掏他的腰包。他早晚依旧练工夫。赌徒们，本村的和外村的，时常搭讪着来陪他练，希望练完工夫，他也陪他们去玩玩牌九。有一天，他发了怒："我的钱是留着买枪的！滚蛋！"

买枪！买枪！买枪！一会儿传遍了村里村外。长老们的心要从口中跳出来！

忽然的，王二铁不见了。

买枪去了！买枪去了！大家争着代他宣传，而且猜测枪到了手以后，二铁究竟要干什么。有人为这个事打了赌。

过了一个多月，大家都等得不耐烦了，二铁才满头大汗的走了回来。他已脱了孝衣而穿上一身阴丹士林的新蓝裤褂。大家马上都变成了侦探，想设法看到他的手枪。假若他把枪带在腰间，就应当很容易被看到，因为他只穿着一身单裤褂。可是，大家谁也没能发现什么。②他有时候打赤背，腰间除了一根宽宽的硬带子，什么也没有。

❷外貌描写

表明王二铁根本没有枪，与上文大家的猜测相呼应，这种证实让大家失望但又不甘心，引出下文放牛孩子们的盯梢。

放牛的孩子们，渐渐成了重要人物。二铁常常独自走出很远，而村子里的人起着誓说，他们千真万确的听到远处有枪声。这一定是二铁在荒僻的地方打靶吧，或者，哼，也许是劫人呢！大人没有工夫，放牛的孩子们会拐弯抹角的钉梢。孩子们虽然也没亲眼看见二铁真的在某处打靶，或劫人，可是他们的报告总会供给大家以疑神疑鬼——这自然是很有趣的——的资料。

六月底，二铁想卖掉他的三间土房。没有人敢买。碰了几个钉子之后，他把村长——一位五十多岁而还吃斤饼斤面的干巴老头儿——像窦尔敦拉黄天霸似的，拉到自己的门前。把村长按在磨盘上，他坐在一束高粱秆儿上。开门见山的，他告诉村长："我卖这三间土房，马上用钱，你给我卖！"

①村长用像老树根子的手指，梳了梳短须而后摇了摇头。

❶外貌、动作描写 照应上段的"干巴老头儿"，写出村长的手瘦而粗糙的特点；面对粗鲁的王二铁依然镇定自若，可见村长有阅历、有长者风度。

"你不管？"二铁立起来。

"我知道你要干什么呢？"

"那你不用管，"二铁往前凑了一步。"我问你，要这三间土房不要？"

村长又微微摇了摇头。

二铁又往前凑了一步。手往腰门按了按。

"二铁！"村长咽了一口唾沫。"二铁！你是个好孩子，有力气，有本事，为什么不好好的成个家，生儿养女，像个人似的呢？卖房子卖地，你对得起你的老人们吗？你说！"

二铁的眼看着地上的一条花毛虫，只看了一秒钟。然后他的眼对准了村长的，眼珠和脸都忽然的更黑了。"你知道我是谁吗？"

"废话！你难道不是二铁？"

②"我是康小八！我黑，我矮，我有力气，我腿快，我还有枪！"他喘了一口气。"这个破村子留不住我，我要上大城里去作个好汉！赶明儿个，你听说大城里头又出了康小八，那就是我！先不用害怕，我不在这个破村子里吓吓你们土头土脑的人。我要站在前门外头，劫两辆汽车，给你们看看！"

❷语言描写 王二铁以康小八自居，突出他的崇拜已经到了痴迷的程度，对将来的幻想为下文的具体行动作了铺垫，也表现出了他没有明确的是非观念。

"噢！"老头儿慢慢的立起来，想要走开。

二铁一把抓住老者的腕子。"别走！这三间房子怎么办？为这屁股大的一点地和这间臭房，就值得我干一辈子的吗？"

"我，我不管！康小八是个贼！"

"什么？"二铁的手握紧了些。

"我是说呀！"老人故意的拿腔作调，"康小八是个贼，好人不做贼！"

二铁的手去摸枪。他晓得康小八永远是先开枪，免得多费话。

①老人笑了笑，镇静而温和的说："告诉你，二铁，而今不是那个年头了。想当初，康小八有枪，别人没有，所以能横行霸道，大闹北京城。而今，枪不算什么稀罕物儿了，恐怕你施展不开。我说的是实话，听不听随你！"说完，老人又微笑了笑，从容的夺出自己的手来，慢慢的走开。

❶语言、动作描写

"横行霸道"是老人对康小八的本质看法，与王二铁的认识形成对比，老人的劝说表现出他关心时事，对社会现实有清醒的认识。

二铁楞住了。他的脑子——没受过任何训练——是不会细想什么的。平日，只凭心血来潮，要作什么就作了，结果如何，全不考虑。今天，听到村长的话，他的心中凉了一下，把要掏枪就打的热劲儿减低了许多度。他的手离开了枪。心中好像要想什么。但是，他没有思索的习惯，心中只觉得发堵，不，他不能这样轻易屈服，他得作点什么，使心中畅快。他极快的掏出枪来，赶上几步，高声的喊道："你站住！"

村长站定了。

②"这三间土房，交给你看着。能卖就卖；不能卖，你给看着！不听话，你看这个！"二铁举起枪来，砰！一颗子弹打进老榆树的干子去。"我走啦，再回来的时候，我就是真正的康小八了！"说罢，他几乎是擦着村长的肩头，迈着大步，向南走去，枪还在手中提着。村人听到枪响，争着往门外跑，可是一看见提着枪的二铁，又都把头缩回门里去。

❷语言、动作描写

王二铁真是蛮不讲理，武力威胁、强加于人，一副强盗作派。表明他已经下定决心要去用行动实现自己成为康小八的愿望。

走到了安定门的关厢，二铁还打听哪里是北平呢。及至听到"这就是北平"，他还不敢相信。在他的心中，北平到处是宝石砌的墙，街上的树都是一两丈高的珊瑚，怎么这个关厢也这么稀松平常呢？更使他伤心的是他已经看到拿枪的人，保安队，宪兵，都有枪！事前不详加考虑的人，后悔也最快。他后悔了。不错，凭他那四五亩田和三间土房，他辛苦的干一辈子恐怕连个老婆也混不上，更不要说作什么英雄好汉了。可是，现在他还没有看到有饭碗大的金刚钻，与比馒头还大的金钉子的皇宫内院，而已经看到许多的枪，长的短的，还有明晃晃的刺刀。[①]他晓得，要是不拿家伙而专比拳脚，上来十个八个壮汉，他也不在乎。可是，若是十来支枪围住他，他该怎么办呢？枪弹把老榆树都一打一个深洞啊！他想拨转马头回家。可是他的脚还往前走。不能回家。回家只有放牛，耕地，流汗，吃棒子面与打那毫无结果的架。北平才是藏龙卧虎的地方，尽管枪多，好汉总还是好汉。他进了安定门。

❶心理描写……

表明王二铁拳脚功夫了得，但也深知枪的厉害，老榆树可比人禁打，他对自己的处境还是有比较清醒的认识。

打听明白天桥儿是在正南，他便一直的奔了天桥去。在城里，看见汽车，电车，金匾的大铺子，他高兴的多了。一边走，一边盘算，假若他单人独马去劫一辆车，或一家金店，岂不就等于劫皇饷，盗御马么？那些他所记得的红脸绿脸，有压耳毫，穿英雄氅的人们，在他心中出来进去，如同一出武戏。

在天桥儿，他还没敢作案。袋里有那点卖田地的钱，他吃了水爆羊肚，看了坤班的蹦蹦戏，还在练拳卖膏药，举双石头，和摔跤的场子上帮了场，表演了几次。不到三四天，这一带的流氓土混混几乎都知道了北京的康小八。酒肉朋友，一天就能拜两起儿盟兄弟。二铁——北京的康小八——的嘴虽不大伶俐，可是腰里很硬。大家不但知道他腰里有钱，而且有手枪。当他被大家灌醉了的时候，大家故意的探问："钱花光了怎办呢？"

[②]他的黑脸被酒力催的，变成黑紫，他本想不回答这问题，可是嘴不听使，极快的说出来："我有枪，我是康小八！"

❷外貌描写、语言描写、铺垫……

脸成黑紫、嘴不听使，表明王二铁已经醉得失去了理智，枪和康小八合在一起就是强盗行径的代称，为盟兄弟出卖他作了铺垫。

他的盟兄弟们已经不是梁山泊上的一百单八将了。他们在七七的前夕把他卖给了侦缉队。

他开枪拒捕，走出了永定门。

在小破土庙里，他倚着供桌打了一个盹。睁眼，已经天亮了。他很高兴这样无心中的开了张。从此，他的一切就专凭他的胆量与手枪了。他不能再拐弯，眼前的道路像摆好了的火车道，他只有像火车似的叮叮噹噹的循轨前进。他已经是一条好汉了，只须再作一件胆大手狠的事，便成了惊天动地的英雄好汉。

①不凑巧，芦沟桥的炮声震动了全世界，谁还注意什么康小八不康小八呢。北平所有的枪都准备着向敌人射击，只有二铁还梦想着用他自己的那支小黑东西去劫一辆汽车。

❶对比

当日本发动全面侵华战争的时候，国仇成了第一重要的事，北平的枪一律对准日本人，而王二铁还做着他所谓的英雄好汉梦，表现出他的愚昧无知。

他不明白大家的愤怒、惊疑、吼叫、痛哭、咒骂都是为了什么。他一心一意的想教大家叫他作八太爷而人们却全都诅咒着日本人。噢，日本人，他自己也憎恶日本人。今天，他的八太爷的称号与威风被日本人压下去，所以就更恨日本人了。他是不是应当去和日本人干干教日本人也晓得他是八太爷呢？他不能决定。他的脑子不够用的了。

他安然的回到天桥儿，仿佛他从未开过枪，拒过捕似的。找到了出卖他的人，他想再试一试枪，增加一点威风。可是，他们并毫无惧色。他们众口一音的说："咱们这点臭事算得了什么呢？有本事打日本人去！"

听到这种话，他分辨不出大家是激他，还是怕他。他只觉得这样的话似乎能往他心里去，使他没法不留下子弹，另有用途。

北平沦陷。当大队日本坦克车和步兵由南苑向永定门进行时，②二铁在城外，趴在路旁的一株柳树后面。极快的他把子弹全射了出去。还没等日本鬼们来捉他，他已一跃而出："孙子们，好汉作事好汉当，我是康八太爷！"

❷动作、语言描写

王二铁知道隐蔽射击，却在打完子弹后主动暴露自己，只是为了成就自己成为康八太爷的梦想，最终成为可悲可叹的悲剧英雄。

他本想日本人会把他拖到菜市口，他好睁着眼看自己怎么死。在死的以前，他会喊喝："我打死他们六个，死得值不值？"等大家喝完了彩，他再说："到大柳庄去传个信，我王二铁真成了康八太爷！"

可是，多少刺刀齐刺进他的肉。东洋的武士不晓得康小八，他们的武士道也不了解康小八的胆气与刚强。

原载 1943 年 6 月 1 日《新中华》复刊第 1 卷第 6 期

精华赏析

王二铁黑、矮，但有力气、腿快，更重要的是还有了枪，梦想着做个康小八似的英雄好汉，在出卖他的人的言语刺激下，去杀了六个日本兵，在梦想中死去。

延伸思考

1. 王二铁为什么想成为康小八?
2. 村长是一个什么样的人物形象?
3. 如果王二铁生活在当今社会，他会有什么样的命运?

相关链接

王二铁的悲剧命运有社会原因——当时的农村贫穷、落后，教育状况很差，人与人之间缺乏真诚的关爱；也有他自身的原因——不喜爱书本，痴迷戏剧英雄，愚昧无知，做事不经大脑，全靠蛮力。

兄妹从军

名师导读

家境殷实，父母慈爱，但金树、银娥兄妹深知有国才有家，在国难当头时决定从军报国，虽父母反对，但深夜毅然偷辞家园，踏上从军之路，热血报国。

[①] 诗曰：

王家少妇不知愁　夫婿出征雪国羞

更有银娥奇女子　雄心壮胆美名留

话说山东济南市，本是省会之区，繁华地带。水秀山明，人烟稠密，真乃北方要镇，商业中心。说不尽十里弦歌，万家灯火，好不热闹风光。这且不言，单表东关碧云街，住有一户人家。坐西朝东，黑漆大门，门框上朱牌黑字，划着三槐堂王。院里整整齐齐的三合房，有些鱼鸟花木。屋里俱都几净窗明，显出小康之家的气派。王老夫妇俱已年过六十，慈眉善目。王老者年壮之时，本任外省营商，殷勤老实，独力成家，手中落下三五万钱财，回家养老。老伴刘氏，心地慈祥，笃信菩萨，斋僧布道，吃素烧香。老夫妇生有一儿一女，儿名金树，女唤

❶语言描写

交待了小说的主要人物，概括了小说的主要内容，表达了对人物的赞美之情。以诗开篇，生动优美，吸引读者。

银娥，正是：

金树银娥兄妹好，国恩家庆子孙贤！

金树比妹妹大了三岁，生得齿白唇红，方面大耳，确是福相。他性喜读书，不愿营商做贾，老夫妇爱子心切，也就不便勉强，教他在中学毕业。在学之时，他用功甚勤，也好踢球练队，真是文武双全。妹子银娥，看哥哥读书明礼，也愿去入学。金树自然乐意，就央求父母，准妹妹也去读书。①银娥长得胖胖实实，很有人缘，入学读书，更是聪明；要用彩纸剪个花朵，或用色笔画个虫鸟，不亚似真的一般。金树在中学毕业之后，本想到上海或北平去考大学，怎奈双亲坚持不可，他不肯看老父老母伤心落泪，再也不提离家入学之事。心中暗想，等老人百年之后，再入大学也还不迟；且先在家勤苦自修，以免荒疏了功课。这时候，亲戚朋友见王家家道小康，金树又长得体面，就都争着来给他提亲。老夫妇正盼抱个孙儿，自是极为愿意。一来二去，便说定北关的路家二小姐，名唤秀兰的。这路秀兰在家读过诗书，杏眼蛾眉，白润的一张圆脸儿，真是一朵花似的姑娘。并且她脾性最好，对人温和有礼，向不闹脾气，耍小性。婚事已定，两家都忙着预备；成婚之日，两家都高搭彩棚，喜气盈门，锣鼓喧天，好不热闹。新妇下地，与金树立在一处，真乃珠联璧合，女貌郎才，把个王老夫人笑得泪也落下来了。②过了些日，小夫妇摸着了彼此性情，倍加恩爱。金树仍旧读书不懈，秀兰操持家务之外，作些活计，灯下更陪伴着小姑银娥习字温功课。秀兰诗文甚好，帮助小姑作作文章；银娥会作手工，教给嫂嫂织打编物，一家甚是和美快活。

❶叙议结合、铺垫

写出了银娥身体健康、喜爱读书、头脑聪明、心灵手巧，有极强的美术天分，有交际能力，为她顺利从军做了铺垫。

❷叙述、铺垫

渲染出温馨美好的家庭氛围。夫妻恩爱，姑嫂和睦，尤其是秀兰的勤于持家、陪伴学习，为她深明大义地支持兄妹从军做了铺垫。

这且不提。单说中华民国有个仇敌，就是那东洋小日本。这日本，国小地贫，人们都诡巧精细。当初，他们事事学摹中国；现在，又处处仿效西洋。这样的猴子文明，事事处处空有皮毛，骨子里却不成气候。果然，他们仗着些聪明，工商发达起来，又练起强大海陆空军，自以为可称强为霸，目空一切。那些军人更是蛮强霸道，以为他们的军队所向无敌，可以横行全世。他们本是岛国的人民，气度自然窄小，看我中国地大物博，就起了并吞的恶意；若是能征服了中国，他们便有了棉织和各样东西；我国的东西，他们拿去制造，然后再把制好的东西卖给我们，赚去金钱。这样，他们便有钱，我们便穷困，他们是主，我们是奴，我们就永无翻身之日了。[1]为要作到这一步，日本在五六十年来，处处与我为仇作对，而且教给人民一套假话，说什么中国人连猪狗也不如，白占着那么大那么好的地方；说什么中国人必须教日本管着，才会老老实实，要不然就终日不消停，乱七八糟。大凡有心吞灭邻国的，就必定先教国民看不起邻国的人，以邻国的人为禽兽，才能养起狂大骄傲之心，好去欺侮邻国。日本用的也是这条恶计。日本既这样的轻看中国人，当然有机会便来找咱们的毛病，无恶不作的来欺负咱们。到了最近，日本军人觉得狼心狗肺要坏手段，还嫌不痛快，不如明火打劫，硬来抢夺，倒更快当干脆。所以六年前日本就硬占了东三省，紧跟着又拿去热河。到中华民国二十六年七月七日，日本又在卢沟桥借演操为名，想一鼓而下，攻取华北，正是：

心毒意狠无人道，弱肉强食动野蛮！

卢沟桥变乱一起，我们全国同胞都知道日本军人狼子野心，得寸进尺，非协力同心迎杀上前不可，若再服软退让，必至国破家亡，万世为奴。这才展开了各路血战，上下一心，奔去抵抗。[2]我同胞英勇的作战，有进无退，气震山河，真乃可歌可泣，教世上之人都伸大指夸赞。这些故事，说也说不完，说书的只好单表金树银娥这一段美事，别的暂且不提。

话表金树平日关心国事，每想上阵杀敌，为男儿出气。一听到北边日本鬼子造反，念完报便紧皱眉头。王老者见爱子郁郁不乐，以为是和媳妇吵了嘴，就婉言相劝。金树把河北之事说了一番，老人方才明白，嘱咐金树不必着急，战事不久就会完结。老人还当做这又是内战，三两个月就会平定，故发此言。金树微露一点心意，要去为国尽忠。老人却着了急，申斥了儿子一番。老人道："国家大事，不是我们所能管。你若前去投

❶议论

通俗地写出了日本侵略我国的历史与套路，尤其是日本对国民的洗脑教育：让日本国民把侵略中国理解为他们的正义与光荣。

❷直抒胸臆

"有进无退"表明抗日将士英勇杀敌、寸土不让、誓死卫国的壮志豪情，"气震山河"写出作战的强盛气势，表达了对抗日作战同胞的赞美与敬佩之情，引出下文从军之事。

军，媳妇虽过门快及一年，还未怀孕，你不幸死在外边，岂不断了王氏香烟？真乃不孝！况且你娇生惯养，没受过苦处，断难受营盘的管束和辛苦。有福不享，愿去受罪，岂非自寻苦恼？真乃不智。”金树听罢，不肯辩驳，只说对父商量，原无必去之心。老人这才转怒为喜，不再生气。[①]此事被王老太太知道，赶紧到佛堂烧香祷告，一愿天下太平，二愿儿女孝顺；三愿媳妇早生娃娃。她连连磕头，许下誓愿，若是菩萨有灵，能遂三愿，她将到泰山进香，初一十五教全家食素！金树看见老母烧香许愿，心中暗笑，又是难过，一言未发，依然闷闷不快。

❶行动描写

王老太太把平安康乐的希望寄托在神灵的保佑上，表现出了她的迷信。她所许的愿望表现出她善良、疼爱子女的特点以及传宗接代的思想。

这一晚，金树秀兰与妹妹银娥在一处商议。金树道：“我国人民久受日本欺负，而今又无故进兵，夺我华北，我们青年岂可坐视。日本地薄人少，不堪久战，今日动兵前来，必是威吓欺诈，我若迎战，他必失败；我若惧怕求和，他将唾手而得华北。我们必须人人奋勇，个个当先，保卫江山，打退日本，方是正理。适才父亲责我不孝，我不敢多言，但为国尽忠，即难尽孝，与你二人商议个万全之策。”银娥闻言，看看嫂子，心实不忍，便答道：“哥哥一片热心，无奈嫂嫂年轻：也恐难于割舍？”秀兰听了，微笑说道：“妹妹哪里知道，爱国之心男女同样，你兄若去从军，我情愿在家服侍二老，决无怨言！”这话激动了银娥，立起身来言道：“嫂子如此贤明，为妹的也不甘落后，嫂子在家伺候双亲，我愿与哥哥一同前去，即使我不能效那木兰从军，也当去作看护，服侍伤兵，或作些别的事情，胜似在家虚耗光阴！”金树听了妻妹之言，心中着实欢喜，暗自思想：[②]今日中国已非昔年腐败的样子，看这俩女子倒也这般深明大义。全国之中，这样的女子必还有很多，男女一齐舍身报国，哪怕那小小的日本强盗？幸而我有投军之意，设若贪生怕死，在家安乐，岂不被女流耻笑，辜负了堂堂七尺之躯？想到这里，不由的头上出了些热汗，便说道：“只是我们怎样对父母言讲？”银娥低声道：“我们无法教双亲心回意转，只好偷偷逃走。好在家中有嫂嫂操持家务，料无失闪。我俩为国

❷心理描写

女子亦有拳拳爱国报国心，金树从妻子和妹妹身上看到了抗战必胜的希望，巾帼不让须眉的妹妹让他更加坚定了从军报国的决心。

即难顾家，国亡家也难保，倒是偷跑的为是。”金树再三思索，心中甚是为难。父母年高，若知道了儿女同逃，必至忧思成病。再说，秀兰年轻，倘若贼兵到来，谁去保护于她？可是翻过来一想，真要是敌人来到，一家性命恐都难保，自己在家不过白吃一刀，哪如上到前线，杀一个够本，杀两个便赚一个？况且，男儿大丈夫本当为国舍命，不能专作孝子贤孙，老死在家中。这样想罢，便对秀兰说：①“我心已决，必去杀敌，只是苦了贤妻。我若死在战场，你回娘家，或是改嫁，全凭于你，不必为我守节受苦！”秀兰闻言，含泪答道：“那都是后话，暂可不提。眼前该作的事是你应当走，我应当在家侍奉公婆。万一不幸贼兵来到，我当照应二老逃走；若逃走不及，贼兵一有歹意，我就拼上一死，以表我爱你之心！”这一番话，说得金树银娥俱都落下了泪。银娥拭泪开言，叫声哥哥：“事不宜迟，你我今晚就走。等到明日，你我神色失常，恐被父母看破，反为不美。”金树点头称是。

❶语言描写

临别嘱托，情深义重，表达了金树对妻子的爱和愧疚。对于后事的交待大有一种“风萧萧兮易水寒，壮士一去兮不复还！”的悲壮，渲染出离别的伤感氛围。

三人稍为收拾了一下，金树只带几件小衣，银娥装备了一只小竹箱，都不拿铺盖与笨重之物，随身各带上一点钱。收拾已毕，彼此相对无言，难以割舍。金树紧握秀兰的手，泪在眼眶中乱转。随后，三人同到院中，静悄悄一无人声，二无犬吠。老人屋中已无灯光，想已安寝。银娥低声唤了声妈妈，抹泪一同轻轻走出去。秀兰看他兄妹走远，才闭好街门，回到屋中。正是：

夫妻恩爱难相舍，兄妹英明雪国仇！

按下秀兰不表，单说王家兄妹。②二人随走随谈，应到哪方而去？因不知何处招兵，哪里要人，只好向火车站走去，若有兵车，金树想便上去，开到哪里去也是好的；既把生死置之度外，还须挑选地方呢？他们知道车站上已有伤兵救护处，到了那里，银娥或者就可以加入救护队去工作。谈到此处，二人高高兴兴奔车站而行。到了车站，银娥在前，金树在后，闯了进去。正赶上由北下来一列车，满载着伤兵。那些伤兵着实可

❷转述

以叙述者的角度写兄妹二人的谈话内容，更简练概括。他们走向火车站，表明金树关注时事，对抗战了解较多。

敬可怜，[①]有的手折，有的腿破，满身血渍，还都穿着单衣。可是大家都安安静静，口无怨言，真乃视死如归的硬汉子。救护处就设在候车室，屋中穿白衣的医生与护士看伤兵已到，便忙碌起来。金树兄妹一看众位战士行动艰难，便慌忙把东西交与一个脚夫看着，赶过去搀扶他们。先下来的原是些轻伤的，还能扶持而行。那些重伤的都卧在车中，不能转动，有的身受数伤，不省人事；有的疼痛难忍，破口大骂日本小鬼。见此光景，金树就去把个伤兵搀起，负在背上。虽然此兵身体高大，甚是沉重，可是金树并不觉得压得慌。他只觉得一阵心酸，不由的落下泪来。把这人放到屋中，擦了把汗，又折回车上，背负第二个。银娥看哥哥这样往返，她也想试一试，找了一个身量矮小的兵负起来。那兵本闭目似睡，忽然睁眼见一女郎背着他，他不由的放声大哭起来。这一哭，惊动了大家，连那些医生也都向银娥点头称赞。车站上救护人员本不甚多，有他兄妹这样帮忙，大家就拼命往下抬受伤的弟兄，很快的都抬下来，一一经医生裹伤上药。金树银娥都汗透衣衫，在一旁站立，看着疗治。伤兵们的血与衣都粘在一处，揭开创痕，十分疼痛，可是都咬牙不语，真是英雄气概：[②]金树十分感动，急忙跑出去，买了几十包香烟，分与众弟兄。众弟兄吸着香烟，脸上放出笑容。有一位弟兄因赤背上阵，受伤后仍未穿衣，金树就把自己的衣服脱下，给他穿上。大家本不相识，如今俱都亲手足一般。这一批受伤弟兄都上过药，时已半夜。银娥看医生空闲下来，便凑上前去，说她愿意当看护。医生知道她勇敢可靠，怎奈她丝毫不晓救护手术，倒很为难。金树便替她说道：“她颇有聪明，又愿学习，学过几日，必能动手帮忙。”医生又道：“初步救护，本不甚难。不过这救护队也许被调往前线，甚是危险，她可敢去？”银娥自己开言：“为救护我们的战士，虽赴汤蹈火，义不容辞！”医生们又商议了几句，便答应了她随队练习。她喜出望外，满脸笑容。金树托咐了医生们几句，便向妹妹说道：“你如一时不离开此地，千万不要回家，恐老母不许你再出来。

❶**场景描写**

描写伤兵的情况表明战斗惨烈；伤兵们安静无怨言，可知他们上战场必是抱定了舍身卫国的决心，视流血牺牲为正常，是我们的铁血英雄。

❷**行动描写**

金树买烟是为了给众弟兄镇痛提神，是男人的关爱方式。众弟兄的笑容表明他们的精神得到放松。把衣服给没穿衣的伤兵突出金树的细心善良。

我在此等候北上的兵车，看有无找到事情的机会。若今夜不能走开，即到车站附近泰和客栈安身。明日你来客栈打听，我若未到客栈去，你就知道我已走了。”说至此处，眼看与胞妹分离，而且不晓得能否再相见面，口虽不言，心中却刀割一般的难过。银娥也觉出此意，低头含泪。此时，医生们说已到换班的时候，银娥便提起竹箱，随他们往外走。金树恐怕妹妹哭了出来，不敢相送。

银娥走后，车站果真来了一列北上的兵车，不出金树所料。①大军所过，鸡犬不惊。军令森严，兵士们都安坐车中，连往外探头的也没有，更不要说下车乱走了。每一车门，立着一个持枪的武士，头戴钢盔，威风凛凛，金树一见，心中暗想：这可怎么能上车去呢？假若他走近车前，左窥右望，这黑夜之间，岂不被当作奸细，那还了得！他又不知车停多久，万一马上开走，岂不失去一个机会。左思右想，进退两难，甚是焦急。事不宜迟，他大着胆儿走上前去，是福是祸，全不去管他。刚走到一个武士跟前，那武士就端起枪来，大喝道：“什么人？”金树答道：“我是投军的，烦劳通禀一声！”那武士又喝道：“此非投军之所，想是奸细！”金树尚未及答辩，早已被背后两个巡警捉住。金树不敢挣脱，即向车上武士大呼：“我是投军的，请报与长官知道！”这时节惊动了车上一位营长，姓李，双名卫国，表字汉兴。此公乃泰安人氏，虎背熊腰，智勇双全。他借着灯光，望车下观看，急忙出来，喝住巡警，金树用目细看，大声呼道：“莫非是李老师吗？”李营长愣住，金树忙说：“我是王金树，在中学一年级时，老师教我们兵操，难道老师就忘了？”李营长笑道：“原来是金树，分别五年，你也长大成人，我实在不敢认了！”即将金树让到车上，问他为何这等模样？金树把兄妹逃出家来之事，详细说了一番；②李营长赞叹不止，即问道：“你欲从军，怎奈不懂打仗方法？”金树答以在学之时，受过军训，只要再练练打靶，即能上阵。李营长说：“营中无有缺额，如何是好？”金树说：“一到前线，必有伤亡，那时再补上缺额，

❶场景描写

对于兵车情形的描写，体现出抗日军士们纪律严明、精神抖擞、有着威猛的仪容，增加了金树上车的难度，使他进退两难。

❷对话描写

李营长提出两个难题，金树都迎刃而解，表现出金树的聪明机智，说明他已经做好了抗日的准备，了解抗日作战情况。

定求老师带弟子前去！”李营长见金树这般坚决，又看他身体魁梧，便答应了他。金树心中十分欢喜，即随车北上，正是：

忠心赤胆人人敬，铁血侠肠个个强！

有话即长，无话即短，却说一月之后，金树即补了一名士兵，在北线沧州一带与敌人恶战。那日本暴敌的炮火日夜的雨点一般打过来，可是我军英勇，毫不惧怕，[①]等到敌人冲锋之时，才将手榴弹抛出，而后抡起大刀，如削瓜砍菜一般，只杀得暴敌人头滚滚，血水成河。有一日，金树正在水沟中趴伏，肚中甚是饥饿，就伸手去摘沟上的红枣，哪知刚一伸手，敌人的机关枪就如同疯了一样，一阵把枣树打光，连个叶儿都没剩。金树藏起头来，动也不敢一动，只盼敌人冲杀上来，好打交手仗。一连趴了三天三夜，腿在水中，泡得白肿起来。后面虽有时送些干粮来，可是总吃不饱，饥渴劳碌，就是铁打的人儿也得叫苦。金树与众弟兄依然口无怨言，忠心的守住阵地，只盼快快有令，教他们去厮杀，杀个痛快！金树在夜间放哨之时，夜静星阔，清风阵阵，不由的想念父母妻妹，可是一想到自己的守土卫国的责任，便又抱紧了枪，一心盼望夜攻，把敌人杀个落花流水。盼来盼去，心中已恨不能把路旁一棵秋草打上几枪，也略解解气，总攻的命令才被盼下来了。金树此时，不知是喜好，还是哭好，心中痛快得要喊叫，又怪不好意思，嘴中发干，又是想喝水；两眼亮得如星，一闪一闪的要冒出火来，他想不到什么危险，也不惦念什么人，心中一股热气把他全身烧热，只想见着那横行霸道的日本兵，一枪一个，结果了他们的性命，保住我们的江山。[②]敌人的炮响起来，空中飕飕的叫，像鬼打哨一般；后边轰炸开，咚咚的乱响，一闪闪的发着火光；安静的黑夜忽然如疯如狂，乱响乱闪，真是天翻地覆，鬼哭神号。金树安心的等着前进的战令，心要从口中跳了出来，这才是英雄好汉敢来的地方，才是大丈夫显显本事的时候！一声前进，他像猛虎一般跳了出去，眼前有些黑影乱动，想是敌兵，杀上前去！好一场恶战，怎见得，有诗为证：

❶场景描写、比喻、夸张

写战斗场面激烈，表现出我军善于运用战略战术，后发制人；“如削瓜砍菜”用了比喻的手法，表现我军杀敌勇猛；“血水成河”用了夸张的手法，表明我军杀敌众多。

❷场景描写

大炮、飞机体现出敌人的战斗武器先进，作者从听觉和视觉角度描绘出敌军的嚣张气焰，激起我军强烈的愤恨和激昂的斗志，引出后面的恶战。

大炮连天震地来，人如涌潮挟风雷，刀光血影三更后，枪火杀声八面开！倭贼骄狂原怕死，我军义愤不空回，敌头砍下腰中挂，得胜还营饮一杯！

[1] 却说金树的枪弹业已用尽，就插上刺刀，一声狂吼，杀奔前去，千军万马，如入无人之境。正杀得高兴，忽然脚下一软，踩在一人身上，低头查看，乃是同队的孙占元受伤倒在此处。他便将枪挎在背上，将孙占元抱起来，急往回走。那孙占元也是一条好汉，只知有国，不知有身，高呼道："且放下我，你先去杀敌！"金树不依，仍往前跑，想把同伴放在安全之处，再拨回头来厮杀，哪知道，正在疾走，左肘忽然一麻，心说不好，我也中伤了！他咬定牙根，仍然紧抱孙占元不放手，又走了半里之遥，血流过多，倒在地上。

❶动作描写、夸张

表现金树的英勇：没有子弹就上刺刀，有声有势，誓与敌人血战到底。"如入无人之境"夸张地写出他的本领高强。

昏昏迷迷，遍身发烧，一夜口渴如烈火加柴；金树睁开眼，已在营中。正想要些水喝，忽然进来一兵，穿着军装，可是长得很像妹妹银娥。又不敢乱叫，深怕自己是昏迷了心，把勤务兵当作了妹妹。及至临近一看，谁说不是银娥。金树忘了疼痛，叫了声银妹。银娥不敢向病人多说话，就先给哥哥洗伤上药。[2] 原来她在救护队学了些本事，因看本队没有开往前方的消息，便加入了战地服务团，来到北线，随营服务。前线炮火厉害，她毫不惊慌，连死尸也敢去抬，营中战士都十分敬爱于她。她并不知哥哥也在此处，还是那场恶战之后，去到战场救护，才见哥哥与孙占元倒卧在一处，就抬了回来，由她自己看护，全营传为美谈。

❷插叙

交待了银娥从军后的情况：不甘安于后方，主动上前线服务，真是果敢英勇。"营中战士都敬爱她"从侧面表现出她救治伤员敬业、负责、有爱心。

后来，因金树肘骨已碎，须到后方医院调治。他便辞别了妹妹，乘车南下。路过济南，下车回家，劝告父母把家产捐给国家，买了公债。而后留下一些度日之费，搬到南方，约定在长沙相会。父母照计而行，一家南迁。可是金树到了泰安，便有医生给他施了手术，割下左臂。养好之后，左臂虽失，右臂尚能做事，便又自告奋勇，回营效力。李营长此时已升为团长，便命金树做了秘书，并给假一月，到长沙省亲。省亲回来，李团长已把

❶总结全文
呼应开头的诗，对兄妹二人的事迹作总结评价，进行高度赞扬，表达了终会取得战争胜利、实现和平的美好愿望。

银娥调来，升为务服团团长，带领二十名女兵，操作一切。兄妹相逢，恍如隔世，枪林弹雨，出生入死，终得相会，一同为国效力。这一家，真做到了有钱的出钱，有力的出力，忠勇可泣，美名千载；正是：

[1]死里求生保国土，仁中有勇立奇功，
中华男女真豪杰，建造和平在亚东。

原载1938年5月《文艺》复刊号

精华赏析

这篇小说采用旧章回体小说的形式，叙事风格明快，韵散结合，有文学美感。小说的开头结尾都用四句七言诗，每回的结尾是两句七言诗总结，结构脉络清楚。

延伸思考

1. 金树兄妹采用什么办法离家从军？

2. 金树如何说服李营长收下了他？

3. 兄妹从军，详写谁？略写谁？

相关链接

抗日战争初期，文艺要宣传抗战，当时的民众文化水平普遍低下，要想达到宣传目的，就要采用他们喜闻乐见的形式，因此老舍先生创作了这篇旧章回体形式的通俗小说。

敌与友

名师导读

张村与李村的狗与猫都水火不容，人就更不用提了。当张村长儿子做了排长时，李村长也让小儿子去参了军，当张李两家的儿子从抗日前线带伤回来时，世仇也随之消失了。

---

①不要说张村与李村的狗不能见面而无伤亡，就是张村与李村的猫，据说，都绝对不能同在一条房脊上走来走去。张村与李村的人们，用不着说，当然比他们的猫狗会有更多的成见与仇怨。

❶夸张、设置悬念

写张村与李村的狗猫水火不容，突出两村的人仇恨之大之深。设置了悬念，激起读者的阅读兴趣。

两村中间隔着一条小河，与一带潮湿发臭，连草也长不成样子的地。两村的儿童到河里洗澡，或到苇叶里捉小鸟，必须经过这带恶泥滩。在大雨后，这是危险的事：有时候，泥洼会像吸铁石似的把小孩子的腿吸住，一直到把全身吸了下去，才算完成了一件很美满的事似的。但是，两村儿童的更大的危险倒是隔着河，来的砖头。泥滩并不永远险恶，砖头却永远活跃而无情。况且，在砖头战以后，必然跟着一场交手战；两村的儿童在这种时候是决不能后退的；打死或受伤都是光荣的；后退，退到家中，便没有什么再得到饭吃的希望。他们的父母不养活不敢过河去拼命的儿女。

①大概自有史以来，张村与李村之间就没有过和平，那条河或者可以作证。就是那条河都被两村人闹得忘了自己是什么：假若张村的人高兴管它叫作小明河，李村的人便马上呼它为大黑口，甚至于黑水湖。为表示抵抗，两村人是不惜牺牲了真理的。张村的太阳若是东边出来，那就一定可以断定李村的朝阳是在西边。

❶拟人

河可以证明张村与李村的斗争史，表明两村的仇恨由来已久；河不记得自己的名字，表明两村人处处做对，任何事物都会成为斗争内容。

在最太平的年月，张村与李村也没法不稍微露出一点和平的气象，而少打几场架；不过这太勉强，太不自然，所以及至打起来的时候，死伤的人就特别的多。打架次数少，而一打便多死人，这两村才能在太平年月维持在斗争的精神与世仇的延续。在兵荒马乱的年代，那就用不着说，两村的人自会把小河的两岸作成时代的象征。假若张村去打土匪，李村就会兜后路，把张村的英雄打得落花流水。张村自然也会照样的回敬。毒辣无情的报复，使两村的人感到兴奋与狂悦。在最没办法与机会的时候，两村的老太婆们会烧香祷告：愿菩萨给河那边天花瘟疫或干脆叫那边地震。

死伤与官司——永远打不完的官司——叫张李两村衰落贫困。那条小河因壅塞而越来越浑浊窄小，两村也随着越来越破烂或越衰败。可是两村的人，只要能敷衍着饿不死，就依然彼此找毛病。两村对赛年会，对台唱谢神戏，赛放花炮，丧事对放焰口，喜事比赛酒席……这些豪放争气，而比赛不过就以武力相见的事都已成为过去的了。现在，两村除了打群架时还有些生气，在停战的期间连狗都懒得叫一叫。②瓦屋变为土房，草棚变为一块灰土，从河岸上往左右看，只是破烂灰暗的那么两片，上面有几条细弱的炊烟。

❷照应、景物描写

照应本段开头的“两村也随着越来越破烂或越衰败”，是这句话的具体表现。贫穷落后的不只是村落，更是人们的思想。

穷困遇着他们不能老在家里做英雄，打架并不给他们带来饭食，饿急了，他们想到职业与出路，很自然的，两村的青年便去当兵；豁得出命去就有饭吃，而豁命是他们自幼习惯了的事。入了军队，积下哪怕是二十来块钱呢，他们便回到家来，好像私斗是更光荣的事，而生命唯一的使命是向河对岸的村子攻击。在军队中得到的训练只能使两村的战争更激烈惨酷。

两村的村长是最激烈的，不然也就没法做村长。张村村长的二儿子——张荣——已在军队生活过了三年，还没回来过一次。这很使张村长伤心，怨他的儿子只顾吃饷，而忘了攻击李村的神圣责任。其实呢，张荣倒未必忘记这种天职，而是因为自己做了大排长，不愿前功尽弃的随便请长假。村长慢慢的也就在无可如何之中想出主意，时常对村众声明：①“二小子不久就会回来的。可是即使一时回不来，我们到底也还压着李村一头。张荣，我的二小子，是大排长。李村里出去那么多坏蛋，可有一个当排长的？我真愿意李村的坏蛋们都在张荣，我的二小子，手下当差，每天不打不打也得打他们每人二十军棍！二十军棍！”不久这套话便被全村的人记熟：“打他二十”渐渐成为挑战时的口号，连小孩往河那边扔砖头的时候都知道喊一声：打他二十。

①语言描写

这是张村长无可如何之中想出的说辞，既是对村众的一种交待，也是一种精神胜利。为李村长打发小儿子当兵作了铺垫。

李村的确没有一个做排长的。一般的来说，这并无可耻。可是，为针对着张村村长的宣言而设想，全村的人便坐卧不安了，最难过的自然是村长。为这个，李村村长打发自己的小儿子李全去投军：“小子，你去当兵！长志气，限你半年，就得升了排长！再往上升，一直升到营长！听明白了没有？”李全入了伍，与其说是为当兵，还不如说为去候补排长。②可是半年过去了，又等了半年，排长的资格始终没有往他身上落。他没脸回家。这事早被张村听了去，于是“打他二十”的口号随时刮到河这边来，使李村的人没法不加紧备战。

②对比

因为李全没有当上排长，张村就在对立中占了上风，张村自然气盛一筹，李村就很有危机感，于是加紧备战。

真正的战争来到了，两村的人一点也不感到关切，打日本与他们有什么关系呢。说真的，要不是几个学生来讲演过两次，他们就连中日战争这回事也不晓得。由学生口中，他们知道了这个战事，和日本军人如何残暴。他们很恨日本鬼子，也不怕去为打日本鬼子而丧了命。可是，这得有个先决的问题：张村的民意以为在打日本鬼子以前，须先灭了李村，李村的民意以为须先杀尽了张村的仇敌，而后再去抗日。他们双方都问过那些学生，是否可以这么办。①学生们告诉他们应当联合起来去打日本。他们不能明白这是什么意思，只能以学生不了解两村的历史而没有把砖头砍在学生们的头上。他们对打日本这个问题也就不再考虑什么。

❶衬托

学生们的讲演没有达到预期的目的，反衬出教化村民之难。他们和学生们是两个不同的世界，因为还有起码的良知而没对学生们动粗。

战事越来越近了，两村还没感到什么不安。他们只盼望日本打到，而把对岸的村子打平。假若日本人能替他们消灭了世仇的邻村，他们想，虽然他们未必就去帮助日本人，可也不必拦阻日军的进行，或给日军以什么不方便，不幸而日本人来打他们自己的村子呢，那就是另一回事了。但是他们直觉得以为日本人必不能不这办，而先遭殃的必定是邻村，除了这些希冀与思索，他们没有什么一点准备。

逃难的男女穿着村渡过河去，两村的人知道了一些战事的实况，也就深恨残暴的日本。可是，一想到邻村，他们便又痛快了一些：哼！那边的人准得遭殃，无疑的！至于邻村遭殃，他们自己又怎能平安的过去，他们故意的加以忽略。反正他们的仇人必会先完，那就无须去想别的了，这是他们的逻辑。好一些日子，他们没再开打，因为准知道日本不久就会替他们消灭仇人，何必自己去动手呢。

②两村的村长都拿出最高的智慧，想怎样招待日本兵。这并非是说他们愿意作汉奸，或是怕死。他们很恨日本。不过，为使邻村受苦，他们不能不敷衍日本鬼子，告诉鬼子先去打河那边。等仇人灭净，他们再翻脸打日本人，也还不迟。这样的智慧使两位年高有德的村长都派出侦探，打听日本鬼子到了何处，和由哪条道路前进，以便把他们迎进村来，好按着他们的愿望开枪——向河岸那边开枪。

❷叙议结合

张李两村的人把村仇看得高于一切，他们也没意识到国难当头应一致对外，做起了借刀杀人的美梦。可见上至村长下至村民都愚昧、无知、落后。

世界上确是有奇事的。侦探回来报告张村长：[①]张荣回来了，还离村有五里多地。可是，可是，他搀着李全，走得很慢！侦探准知道村长要说什么，所以赶紧补充上：我并没发昏，我揉了几次眼睛，千真万确是他们两个！

李村长也得到同样的报告。

既然是奇事，就不是通常的办法所能解决的。两村长最初想到的是把两个认敌为友的坏蛋，一齐打死。可是这太不上算。据张村长想，错过必在李全身上，怎能把张荣的命饶在里面？在李村长的心中，事实必定恰好调一个过儿，自然不能无缘无故杀了自己的小儿子。怎么办呢？假如允许他俩在村头分手，各自回家，自然是个办法。可是两村的人该怎么想呢？呕，村长的儿子可以随便，那么以后谁还肯去作战呢？再一说，万一李全进了张村，或张荣进了李村，又当怎办？太难办了！这两个家伙是破坏了最可宝贵的传统，设若马上没有适当的处置，或者不久两村的人还可以联婚呢！两村长的智慧简直一点也没有用了！

第二次报告来到：他们俩坐在了张村外的大杨树下面。两村长的心中像刀剜着一样。那株杨树是神圣的，在树的五十步以内谁也不准打架用武。在因收庄稼而暂停战争的时候，杨树上总会悬起一面破白旗的。现在他俩在杨树下，谁也没法子惩治他俩。两村长不能到那里去认逆子，即使他俩饿死在那里。

[②]第三次报告：李全躺在树下，似乎是昏迷不醒了；张荣还坐着，脸上身上都是血。

英雄的心是铁的，可是铁也有发热的时候。两村长撑不住了，对大家声明要去看看那俩坏蛋是怎回事，绝对不是去认儿子，他们情愿没有这样的儿子。

他们不愿走到杨树底下去，那不英雄。手里也不拿武器，村长不能失了身份。他们也不召集村人来保护他们，虽然明知只身前去是危险的。两个老头子不约而同来到杨树附近，谁也

❶设置悬念

侦探汇报的简直是惊天动地的大事儿，两个仇敌怎么会搀扶而行？而且侦探眼睛没问题，确实是张李两家的儿子，太不可思议了。

❷照应

与前两次的报告相呼应，表现出他们受伤严重，已经耗尽了气力，尤其是李全已经奄奄一息，引出两村长再也撑不住而去探望的下文。

没有看谁，以免污了眼睛，对不起祖先。

可是，村人跟来不少，全带着家伙。村长不怕危险，大家可不能大意。再说，不来看看这种奇事，死了也冤枉。

张村长看二儿子满身是血，并没心软，流血是英雄们的事。他倒急于要听二小子说些什么。

①张荣看见父亲，想立起来，可是挣扎了几下，依然坐下去。他是个高个子，虽然是坐着，也还一眼便看得出来。脑袋七棱八瓣的，眉眼都像随便在块石头上刻成的，在难看之中显出威严硬棒。这大汉不晓得怎好的叫了一声“爹”，而后迟疑了一会儿用同样的声音叫了声“李大叔”！

①动作、外貌、语言描写

动作与外貌描写表现出张荣伤势很重，但依然英武威严。“李大叔”的亲切称呼反映出张荣思想的重大变化，是两村仇恨化解的开始。

李村长没答声，可是往前走了两步，大概要去看看昏倒在地的李全。张村长的胡子嘴动了动，眼里冒出火来，他觉得这声“李大叔”极刺耳。

张荣看着父亲，毫不羞愧的说：“李全救了我的命，我又救了他的命。日本鬼子就在后边呢，我可不知道他们到这里来，还是往南渡过马家桥去。我把李全拖了回来，他的性命也许……反正我愿把他交到家里来。在他昏过去以前，他嘱咐我：咱们两村子得把仇恨解开，现在我们两村子的，全省的，全国的仇人是日本。在前线，他和我成了顶好的朋友。我们还有许多朋友，从广东来的，四川来的，陕西来的……都是朋友。②凡是打日本人的就是朋友。咱们两村要还闹下去，我指着这将死去的李全说，便不能再算中国的人。日本鬼子要是来到，张村李村要完全完，要存全存。爹！李大叔！你们说句话吧！咱们彼此那点仇，一句话就可以了结。为私仇而不去打日本，咱们的祖坟就都保不住了！我已受了三处伤，可是我只求大家给我洗一洗，裹一裹，就马上找军队去。设若不为拖回李全，我是决不会回来的。你们二位老人要是还不肯放下仇恨，我也就不必回营了。我在前面打日本，你们家里自己打自己，有什么用呢？我这儿还有个手枪，我会打死自己！”

②语言描写

鲜明突出了张荣的敌我观念和家国观念：日本是我们的敌人，打日本的都是朋友；有国才有家。这些话具有振聋发聩的作用。

二位村长低下了头去。

李全动了动。李村长跑了过去。李全睁开了眼，看明是父亲，他的嘴唇张了几张："我完了！你们，去打吧！打，日本！"

①张村长也跑了过来，豆大的泪珠落在李全的脸上。而后拍了拍李村长的肩："咱们是朋友了！"

原载 1938 年 7 月《抗战文艺》第 1 卷第 12 期

①细节描写

张村长的思想有了质的转变，他为李全的牺牲悲痛，也为曾经的错误自责，与李村长化敌为友，意味着两个村子也化敌为友，他们将共同抗日。

精华赏析

张李两村水火不容，人们在封闭落后的环境中生存，思想觉悟不高，他们的头脑中只有仇恨。张李村长两家的儿子经历参军和战火的洗礼回来后改变了这一切，使他们化敌为友、共同抗战。

延伸思考

1. 小说的题目有什么作用？
2. 张李两村的仇恨是怎么化解的？
3. 小说结尾部分张荣和李全的话起到什么作用？

相关链接

张荣和李全曾经也是敌对关系，参军使他们的思想脱胎换骨，化敌为友，可见思想教育的重要性。鲁迅认为"中国落后的根本原因在于思想"，张李两村就是一个很好的证明。

一点点认识

名师导读

自古文人相轻，而并称京味文学“双子星座”的老舍先生和张恨水先生却是很要好的朋友，对对方不吝称赞。

恨水兄是文艺界抗敌协会第一届理事会的理事，因为“文协”的关系，我才认识了他，虽然远在十几年前就读过他的作品了。

廿八年，“文协”推举代表参加前线慰劳团的时候，理事会首先便提出恨水兄来，因为他是国内唯一的妇孺皆知的老作家。[1]可惜，他的笔债太多，无法分身，“文协”才另派了别人。那时候，我记得我曾写信给他，希望他能和我一同到西北去，因为我晓得他是个可爱的朋友。

❶比喻 笔债比喻应人约请而没有完成的文章，生动幽默地写出张恨水的忙碌，从侧面反映出他具有非凡的文学才华，表达作者未能见到他的原因和遗憾之情。

假若那次他能和我一同在西北旅行半年之久，我想在今天必能写出许多许多关于他的事来，而感到骄傲。那个机会既失，我现在只好就六年来的时聚时散中，提出我对他的一点点认识了：

（一）恨水兄是个真正的文人：说话，他有一句说一句，心直口快。他敢直言无隐，因为他自己心里没有毛病。这，在别人看，仿佛就有点“狂”。但是，我说，能这样“狂”的人才配作文人。因为他的“狂”，所以他才肯受苦，才会爱惜羽毛。我知道，恨水兄就是重气节，最富正义感，最爱惜羽毛的人。所以，我称他为真正的文人。

（二）恨水兄是个真正的职业的写家：有一次，我到南温泉去看他，他告诉我：“我每天必须写出三千到四千字来！”①这简单的一句话中，含着多少辛酸与眼泪呀！想想看，一年三百六十天，每天要写出这么多字来，而且是川流不息的一直干到三十年！难道他是铁打的身子么？坚守岗位呀，大家都在喊，可是有谁能天天受着煎熬，达三十年之久，而仍在煎熬中屹立不动呢？所以，我说，他是“真正”的职业写家。

（三）恨水兄是个没有习气的文人：他不赌钱，不喝酒，不穿奇装异服，不留长头发。他比谁都写的多，比谁都更要有资格自称为文人，可是他并不用装饰与习气给自己挂出金字招牌。②闲着的时候，他只坐坐茶馆，或画山水与花卉。一个文人的生命是经不住别人与自己摧残的。别人是否给恨水兄气受，我不知道。我确实知道，他不摧残自己。修养使他健壮，健壮使他不屈不挠。

以上是我对恨水兄的一点点认识，可也就是我们应当向他学习的。

原载 1944 年 5 月 16 日重庆《新民报晚刊》

❶直抒胸臆

肯定了张恨水写作的勤奋，更突出了他高度的自律，表达了老舍对友人发自肺腑的感叹、赞美与敬佩之情。

❷叙述

表现了张恨水高雅的爱好：茶馆环境比较清静，喝茶具有养生保健作用；画画使人心灵安宁，提升审美品位。

精华赏析

老舍先生对张恨水的评价相当高，认为他“是国内唯一的妇孺皆知的老作家”，从三方面对他进行肯定和赞美：真正的文人、真正的职业写家、没有习气。

延伸思考

1. 为什么说张恨水是真正的文人？

2. 张恨水都有什么爱好？

3. 老舍先生认为应向张恨水学习什么？

相关链接

老舍和张恨水互相推崇，张恨水曾在《巴山夜雨》中以才华卓越的“许先生”暗指老舍。传闻张恨水是在得知老舍去世后再发脑溢血而去世。

家书一封

名师导读

自小受苦受难的老舍先生，非常疼爱子女，也非常重视子女的教育。为抗战，老舍先生不得不只身一人离开家后，在家书中也常谈到对“弱女痴儿”的教育与希冀。其中《家书一封》中的看法颇有深意，发人深思……

××：

接到信，甚慰！济与乙都去上学，好极！唯儿女聪明不齐，不可勉强，致有损身心。我想，他们能粗识几个字，会点加减法，知道一点历史，便已够了。①只要身体强壮，将来能学一份手艺，即可谋生，不必非入大学不可。假若看到我的女儿会跳舞演讲，有作明星的希望，我的男孩能体健如牛，吃得苦，受得累，我必非常欢喜！我愿自己的儿女能以血汗挣饭吃，一个诚实的车夫或工人一定强于一个贪官污吏，你说是不是？教他们多游戏，不要紧逼他们读书习字；书呆子无机会腾达，有机会作官，则必贪污误国，甚为可怕！

❶叙述

这是作者对自己孩子的希冀，这份朴质的期望蕴含的却是炽烈的父爱。

至于小雨，更宜多玩耍，不可教她识字；她才刚四岁呀！每见摩登夫妇，教三四岁小孩识字号，客来则表演一番，是以儿童为玩物，而忘了儿童的身心教育甚慢，不可助长也。

我近来身体稍强，食眠都好，惟仍未敢放胆写作，怕再患头晕也。②给我看病的是一位熟大夫，医道高，负责任，他不

❷抒情

描写了为其看病的大夫医术高明，医德高尚，表达了作者对医生的感激之情。

收我的诊费，而且照原价卖给我药品，真可感激！前几天，他给我检查身体，说：已无大病，只是亏弱，需再打一两打补血针。现已开始。病中，才知道身体的重要。没有它，即使是圣人也一筹莫展！

①春来了，我的阴暗的卧室已有阳光，桌上边有一枝桃花插在曲酒瓶中。

①环境描写 春天来临，卧室有阳光，桌边有桃花，这都预示着美好的未来即将来临。

祝你健康！代我吻吻儿女们！

舍上，三，十。

原载1942年4月《文坛》第2期

精华赏析

本文是老舍先生于1942年写下的一封家书，结构简单、清晰、明了。前半部分表达自己对子女教育的看法，后半部分简单叙述了自己的身体好转、生活环境逐渐改善的事实。书信不长，从中可以读到一个对子女关爱有加的父亲、一个报喜不报忧的有担当的丈夫形象。

延伸思考

1.老舍先生对孩子们的希望是什么？

2.老舍先生对于孩子小雨的教育是如何嘱咐的？

3.老舍先生的病情如何？

相关链接

"世人养子望聪明，我望子女康且健。"《家书一封》中所提的意见就很令人思考，值得借鉴。而现实生活中，父母总是"望子成龙，望女成凤"，对孩子寄予了太多希望。而老舍只愿子女"身体强壮，将来能学一份手艺，即可谋生，不必非入大学不可"，这份朴素的祝愿值得今天的家长学习。

勤俭持家

名师导读

常言道："勤为摇钱树，俭为聚宝盆。"勤俭持家是中华民族的传统美德，一直是我们所倡导的。老舍先生的这篇文章主题也是勤俭持家，我们一起去拜读一下，看一看老舍先生是怎么看待勤俭持家的。

[①] 在旧日的北京，人们清晨相遇，不互道早安，而问"您喝了茶啦？"这有个原因：那时候，绝大多数的人家每日只吃两顿饭。清晨，都只喝茶。上午九十点钟吃早饭，下午四五点钟吃晚饭，大家都早睡早起。

①叙述 作者向大家简单介绍了在旧日的北京，人们早上见面如何相互问候。

老北京里并非没有花天酒地、骄奢淫逸的生活。不过，那只限于富贵之家；一般市民是有勤俭持家的好传统的。当人们表扬一个好媳妇的时候，总夸她"会过日子"。会过日子即是会勤俭持家。

在我还是个孩子的时候，我们的小胡同里，住着赤贫的人家，也住着中等人家。即使是中等人家，对吃饭馆这件事也十分生疏。按照我们的胡同那时候的舆论说：大吃大喝是败家的征兆。

❶细节描写

描写了旧时北京的人们一日两餐的清苦生活，体现了人们勤俭持家的传统。

①是的，我们都每日只进两餐，每餐只有一样菜——冬天主要的是白菜、萝卜；夏天是茄子、扁豆。饺子和打卤面是节日的饭食。在老京剧里，丑角往往以打卤面逗笑，足证并不常吃。至于贫苦的人家，像我家，夏天佐饭的“菜”，往往是盐拌小葱，冬天是腌白菜帮子，放点辣椒油。还有比我们更苦的，他们经常以酸豆汁度日。它是最便宜的东西，一两个铜板可以买很多。把所能找到的一点粮或菜叶子掺在里面，熬成稀粥，全家分而食之。从旧社会过来的卖苦力的朋友们都能证明，我说的一点不假！

❷叙述

党和毛主席教导人们要保持勤俭持家的美德，一代一代地传下去。

②党和毛主席不断地教导我们，叫我们勤俭持家，勤俭办一切的事。可是，我们的生活有所改善，家里参加工作的人多了，工资也多了。口袋里有了钱，就容易忘了勤俭，甚至连往日喝酸豆汁度日的苦楚也忘了！勤俭持家的好传统万万忘不得！

原载1961年2月12日《北京晚报》

精华赏析

老舍先生在生活中也秉承着勤俭持家的传统美德，不铺张浪费。文章叙述了旧时北京的人们也过着节俭的生活，不管是胡同里的平民，还是中产，都反对铺张浪费，勤俭持家已经成为人们的习惯。最后说到伟大领袖毛主席也倡导大家勤俭持家，勤俭持家的光荣传统不能丢。

延伸思考

1. 旧日的北京，人们早上的问候语是什么？

2. 旧日北京的人们每天都吃什么？

3. 毛主席是如何教导我们的？

相关链接

勤俭节约是中华民族的传统美德。“锄禾日当午，汗滴禾下土。谁知盘中餐，粒粒皆辛苦。”厉行勤俭节约的美德是一个人的优秀品质的具体体现，是尊重自己也是尊重他人的表现。勤俭持家，看似简单，其实像和氏璧，朴素的东西往往包涵着最精美最光鲜的内核。

相 片

名师导读

你想欣赏老舍先生特有的幽默吗？那我们就借《相片》这篇文章，感受一下老舍先生的幽默、机智和智慧吧！

---

❶概括

一句话概括了相片在人们生活中的重要地位，引出下文。

[1] 在今日的文化里，相片的重要几乎胜过了音乐、图画与雕刻等等。在一个摩登的家庭里，没有留声机，没有名人字画，没有石的或铜的刻像，似乎还可以下得去；设若没几张相片，或一二相片本子，简直没法活下去！不用说是一个家庭，就是铺户、旅馆、火车站、学生宿舍，没有相片就都不像一回事。电车上“谨防扒手”的下面要是没有几片四寸的半身照相，就一定显着空洞。水手们身上要是不带着几张最写实不过的妖精打架二寸艺术照相，恐怕海上的生活就要加倍难堪了。想想看，一个设备很完全的学校，而没有年刊或同学录，一个政府机关里而没有些张窄长的这个全体与那个周年的相片！至于报纸与杂志，哼，就是把高尔基的相误注为托尔斯泰的，也比空空如也强！投考、领护照、定婚、结婚、拜盟兄弟，哪一样可以没有相片？即使你天生来的反对照相，

你也得去照；不然，你就连学校也不要人，连太太也不用娶，你乘早儿不用犯这个牛脖子——“请笑一点”，你笑就是了。儿童、妇女、国货、航空，都有“年”。年，究竟是年，今年甲子，明年乙丑，过去就完事；[①]至于照相，这个世纪整个的是“照相世纪”；想想，你逃得出去吗?

还是先说家庭吧。比如你的屋中挂着名家的字画，还有些古玩，雅是雅了，可是第一你就得防贼，门上加双锁，窗上加铁栅，连这样，夜间有个风声草动，你还得咳嗽几声；设若是明火，进来十几位蒙面的好汉，大概你连咳嗽也不敢了。这何苦呢？[②]相片就没这种危险，谁也不会把你父亲的相偷去当他的爸爸，这不是实话么?

就满打没这个危险，艺术作品或古玩也远不及相片的亲切与雅俗共赏。一张名画，在普通的人眼中还不如理发馆壁上所悬的“五福临门”，而你的朋友亲戚不见得没有普通人。你夸奖你的名画，他说看不上眼，岂不就得打吵子？相片人人能看得懂，而且就是照得不见佳也会有人夸好。比如令尊的相片加了漆金框悬在墙上，多么笨的人也不会当着你的面儿说：“令尊这个相还不如五福临门好看！”绝对不会。即使那个相真不好看，人家也得说：“老爷子福相，福相！”至不济，也会夸奖句：“框子配得真好！”

以此类推，尊家自己，尊夫人，令郎令媛，都有相片，都能得到好评，这够多么快活呢?！况且相片遮丑，尊家面上的麻子，与尊夫人脸上的小沙漠似的雀斑，都不至于照上；你自己看着起劲，朋友们也不必会问：“照片上怎么忘掉你的麻子？”站在一张图画前面，不管懂与否，谁都想批评批评，为表示自己高明，当着一个人，谁也不愿对他的面貌发表意见；看相片也是如此。

有相片就有话说，不至于宾主对愣着。

“这是大少爷吧？”

❶反问修辞

采用反问的修辞手法，更加肯定了照相这件事是人人都逃不过去的，增强了句子的语气。

❷对比

描写了在家中悬挂名家字画的弊端，而悬挂家人的相片就不会有被偷的危险，两者形成鲜明的对比。

“可不是！上美国读书去了。”

“近来有信吧？”

打这儿，就由大少爷谈到美国，又由美国谈回来，碰巧了就二反投唐再谈回美国去，话是越说越多，而且可以指点着相片而谈，有诗为证：句句是真，交情乃厚。

❶直接描写

描写了有一二相片本子的好处——可以与客人侃侃而谈，写出了有相片本子的好处，与前文照应。

①最好是有一二相片本子。提到大少爷，马上拿出本子来：“这是他满月时候照的，他生在福州，那时先严正在福州做官。”话又远去了，足够写三四本书的。假若没有这可宝贵的本子，你怎好意思突乎其来的说：先严在福州做过官？而使朋友吓一跳，当是你的脑子有毛病。

❷比喻修辞

运用比喻的修辞手法，把相片本子比喻成无价之宝，生动形象地写出了在客人即将起冲突时，相片本子的重要性。

②遇上两位话不投缘，而屡有冲突起来的危险的客人，相片本子——顶好是有两本——真是无价之宝。一看两位的眼神不对，你应当很自然的一人递给一本。他们正在，比如说，为袁世凯是否伟人而要瞪眼的时候，你把大少爷生在福州，和二小姐已经定婚的照片翻开，指示给他们。他们一个看福州生的胖小子，一个看将要成为新娘子的二小姐，自然思想换了地方，一人问你一套话，而袁世凯或者不成为问题了。要不然，这个有很大的危险。假若你没有相片本子，而二位抓住袁世凯不撒手，你要往折中里一说，说二位各有各的理，他们一定都冲着你来了；寡不敌众，你没调停好，还弄一鼻子灰。你要是向着一边说话，不用说，那就非得罪一边不可，也许因此而飞起茶碗——在你家里，茶碗自然是你的。你要是一声不出，听着他们吵，赶到彼此已说无可说而又不想打架的时候，他们就会都抱怨你不像个朋友。你若是不分青红皂白而把客人一齐逐出去，那就更糟，他们也许在你的门口吵嚷一阵，而同声的骂你不懂交情。总之，你非预备两个本子不可！

❸拟人修辞

运用拟人的修辞手法，把相片本子人格化，生动地写出了相片本子的重大作用。

③赶到朋友多的时候，你只有一张嘴，无论如何也应酬不过来，相片本子可以替你招待客人。找那不爱说话的，和那顶爱说话的，把本子送过去；那位一声不出的可以不至死板板的坐在那里，那位包办说话的也不好再转着弯儿接四面八方的

话。把这两极端安置好，你便可以从容对付那些中庸的客人了。这比茶点果子都更有效。爱说话的人，宁可牺牲了点心，也不放弃说话。至于茶，就更不挡事；爱说话的人会一劲儿的说，直等茶凉了，一口灌下去，赶紧接着再说。果子也不行，有人不喜欢吃凉的，让到了他，他还许摆出些谱儿来：“一向不大动凉的，不过偶尔的吃一个半个的，假如有玫瑰香葡萄之类！”你听，他是挖苦你没预备好果子。[①]相片本子既比茶点省钱，又不至被人拒绝，大概谁也不会说，“一向讨厌看相片！”

❶对比

对于矫情的客人，用茶点招待，贵且有可能被拒绝，而相片本子不会被拒绝，体现了相片本子不一样的作用。

相片里有许多人生的姿体，打开一本照相，你可以有许多带着感情的话。假若你现在的事由不如从前了，看看相片，你可以对友人说：“这是前十年的了，那时候还不像这么狼狈！”这种牢骚是哀而不伤的，因为现在狼狈，并不能抹杀过去的光荣，回忆永是甜美的，对于兄弟儿女，都能起这种柔善的感情：“看，这是当年的老六，多么体面，谁能想到他会……”你虽然依旧恨着老六，可是看着当年的照片，你到底想要原谅他。看着相片说些富有感情的话，你自己痛快，别人听着也够味儿。设若你会作诗的话，顶好在相片边题上些小诗，就更见出人生的味道。

不过，有些相片是不好摆进本子去的，你应当留神。歪戴帽或弄鬼脸的，甚至于扮成十三妹的相片，都可以贴上，因为这足以表示你颇天真，虽然你在平日是个完全的君子人，可是心田活泼泼的，也能像孩子般的淘气，这更见英雄的本色。至于背着尊夫人所接到的女友小照，似乎就不必公开的展览。爽直是可贵的，可是也得有个分寸。这个，你自然晓得；不过，我更嘱咐你一句：这类的相片就是藏起来也得要十分的严密，太太们对这种玩艺是特别注意的。

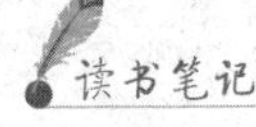

原载 1936 年 9 月《逸经》第 13 期

老舍先生用诙谐而轻松的笔调描述了相片在生活中的重要地位。详细介绍了相片在家中悬挂、招待客人时，都有着重要的作用，可谓面面俱到，为读者全面展现了自己对相片的种种看法和感受，尤其是在结尾提到瞒着夫人所接受的女友的小照是不需要张贴，而必须藏起来的，语言风趣幽默，使人忍俊不禁，读来意犹未尽。

延伸思考

1. 家庭中悬挂相片与名贵字画的区别是什么？

2. 遇到两位不投缘的客人，两本相册就好比什么呢？

3. 招待客人时，相片本子与茶点哪个更招人喜爱？

怀念一位作家的最好方式，不是聊他的八卦，或是卷进关于他作品的言论纷争，而是再次捧起他的作品，细细体味其中的每句话，就好像跨越了时空，和他推心置腹地交流。

科学救命

名师导读

原本以为，讲笑话对于像老舍先生这样幽默风趣的人来说，是挺简单的一件事。可老舍先生却在《科学救命》中给我们讲述了讲个好笑话不是件容易的事，甚至是一件尴尬的事。作者幽默地幻想着向科学救命，你感觉怎样？

很想研究科学，这几天。要发明个机器。这个机器得小巧玲珑，至大也不过像个十支长城烟包，可以随身带着，而没有私携手枪的嫌疑。到应用的时候，只须用手一摸就得，不用转螺丝，通电流，或接天线地线等等。只要一根天地人三才中的“人线”就够了。用手一摸，碰上人线，手指一热，热到脑部，于是立刻就能有个好笑话——机器的用处。

①近来实在需要这么个机器。你看，有人请吃饭，能不去吗？去了，酒过三杯，临座笑得像个蜜桃似的——请来个笑话！往四下一观，座中至少有两位已经听过咱的那些傻姑爷与十七字诗。没办法！即使天才真有那么大，现成的笑话总比自造的好。可是现在的笑话似乎老是那几个，而且听笑

❶过渡

这是一个过渡句，引出下文——需要这个机器的缘由，具有承上启下的作用。

话的老有熟人。刚一张嘴就被熟人接过去了——又是那个傻姑爷呀？这还怎往下说！幸而没人插嘴，而有这么一两位两眼死盯着咱，因为笑话听过的，所以专看咱怎么张嘴与眨巴眼，于是把那点说笑话应有的得意劲儿完全给赶走了；没这股得意劲儿乘早不用说笑话！有的时候，咱刚说了头两句。一位熟人善意的笑了——那是个好笑话，老丈人揍傻姑爷，哈哈哈！不用再往下说了。气先泄了，还怎么说！这顿饭吃到肚中，至少得到医院去一趟。

❶叙述

老舍先生叙述了晚上回到家里，孩子们等自己带回零碎，而自己恰巧忘记，这就需要一个好听的笑话来代替，叙述了这时候也需要这个机器的缘由。

①回到家，孩子们都钻了被窝，可是没睡，专等咱带来落花生与柿饼儿。十回有九回，忘了带这些零碎；好吧，说个笑话。刚一张嘴，小将军们一齐下令——“不听那个臭的！”香的打哪儿来呢？说哪个，哪个是臭的，一点不将就，为说笑话，大人小孩都觉得人生没有多少意义；而且小孩一定发脾气，能哭上一个多钟头，一边哭一边嚷——不听那个臭笑话，不听！

到了学校，学生代表来了——先生，我们今天开联欢会，您说个笑话？趁早不用驳回，反正秩序单早已定好了。好吧，由脑子里的最下层，大概离头发还有三四里地，找出个带锈的笑话来。收拾了收拾，打磨了打磨，预备去说。秩序单上的笑林项下还有别人呢。他在前面，当然他先说。他一张嘴，咱的慢性盲肠炎全不发炎了，浑身冰凉。刚打磨好的笑话被他给说了。而且他说得非常的圆到，比咱想起来的多着好多花样；这不仅使咱发慌，而且觉得惭愧！轮到咱了，张着嘴练习“立正”吧。有什么办法呢？脑子最下层的东西被人抢去，只好由脊椎骨上找点话吧；这自然不是容易的事，也不十分舒服。好歹的敷衍了几句，不像笑话，不像故事，不像演说，什么也不像；本来吗，脊椎骨上的玩艺还能高明的了？咱的脸上笑着，别人的都哭丧着。②说完了好大半天，大家想起鼓掌来，鼓得比呼吸的声音稍微大一些。

❷夸张修辞

采用夸张的手法，生动地描写了人们听到不好笑的笑话时，很不情愿地鼓掌的样子，鼓掌的声音微乎其微。

非发明个机器不可了！放在口袋里，用手一摸，脑中立刻一热，一亮，马上来个奇妙的笑话。不然，人生绝对幽默不了，而且要减寿十年。

读书笔记

打算先念中学物理教科书。

原载1933年12月1日《论语》第30期

精华赏析

这篇《科学救命》讲述了一件大家平常都会遇到的囧事。文章的开头，作者就直截了当地幻想着能不能有一台机器，只要一摸“人线”就能让自己想出一个好笑话。为什么会有这样的想法呢？作者接下来给我们讲述了各个场合讲笑话的尴尬。语言诙谐幽默，妙趣横生。

延伸思考

1. 老舍先生想要发明一个什么机器？

2. 什么情况下会用到这个机器？

3. 老舍先生在最后说打算先念中学物理教科书，为什么？

相关链接

老舍先生用幽默自嘲的方式写下这篇《科学救命》，使读者深刻感受到，在老舍先生心里始终认为自己是人民中的一份子，永远的那样和蔼可亲。他不愧被誉为“人民的艺术家”。老舍先生用独特的幽默幻想，带给读者更多的阅读体验，让人不禁沉浸其中。

考而不死是为神

名师导读

老舍先生的很多作品以幽默著称，《考而不死是为神》一文便是典型代表。这篇文章用幽默诙谐的笔调，对考试制度进行了深刻的反思。或许，你也能从老舍先生的这篇文章中学会如何应对考试吧。让我们一起来读一读吧。

---

❶反语

这一句运用了反语的修辞手法，老舍先生说考试制度是一切制度里最好的，其实是在说反话，这里有讽刺、否定的意思。

①考试制度是一切制度里最好的，它能把人支使得不像人了，而把脑子严格的分成若干小块块。一块装历史，一块装化学，一块……

比如早半天考代数，下午考历史，在午饭的前后你得把脑子放在两个抽屉里，中间连一点缝子也没有才行。设若你把X＋Y和一八二八弄到一处，或者找唐朝的指数，你的分数恐怕是要在二十上下。你要晓得，状元得来个一百分呀。得这么着：上午，你的一切得是代数，仿佛连你是黄帝的子孙，和姓字名谁，全根本不晓得。你就像刚由方程式里钻出来，全身的血脉都是X和Y。赶到刚一交卷，你立刻成了历史，向来没听说过代数是什么。亚力山大，秦始皇等就是你的爱人，连他们的生日是某年某月某时都知道。代数与历史千万别联宗，也别默想二者的有无关系，你是赴考呀，赴考的期间你别自居为人，你是个会吐代数，吐历史的机器。

这样考下去，你把各样功课都吐个不大离，好了，你可以现原形了；睡上一天一夜，醒来一切茫然，代数历史化学诸般武艺通通忘掉，你这才想起“妹妹我爱你”。[①] 这是种蛇脱皮的工作，旧皮脱尽才能自由；不然，你这条蛇不会得到文凭，就是你爱妹妹，妹妹也不爱你，准的。

最难的是考作文。在化学与物理中间，忽然叫你“人生于世”。你的脑子本来已分成若干小块，分得四四方方，清清楚楚，忽然来了个没有准地方的东西，东扑扑个空，西扑扑个空，除了出汗没有合适的办法。你的心已冷两三天，忽然叫你拿出情绪作用，要痛快淋漓，慷慨激昂，假如题目是“爱国论”，或“天下兴亡匹夫有责”；你的心要是不跳吧，笔下便无血无泪；跳吧，下午还考物理呢。把定律们都跳出去，或是跳个乱七八糟，爱国是爱了，而定律一乱则没有人替你整理，怎办？幸而不是爱国论，是山中消夏记，心无须跳了。可是，得有诗意呀。仿佛考完代数你更文雅了似的！假如你能逃出这一关去，你便大有希望了，够分不够的，反正你死不了了。被“人生于世”憋死，不是什么稀罕的事。

说回来，考试制度还是最好的制度。被考死的自然无须再提。[②] 假若考而不死，你放胆活下去吧，这已明明告诉你，你是十世童男转身。

原载1934年7月1日《论语》第44期

❶比喻修辞

此处描写了考试对人的“折磨”，一天几场不同学科的考试，考完一科就要忘记上一学科的所有，作者将这种现象比喻成蛇蜕皮，讽刺了考试制度。

❷呼应

文章最后再次提到考而不死就是十世童男转身，与前文呼应，点明主题。

精华赏析

老舍先生的作品历来都以幽默诙谐见长。他的文章，言辞温和，常常以形象的事实作为依据，将讽刺隐藏在让人忍俊不禁的幽默中。这篇《考而不死是为神》生动形象地将人们被考试折磨的畸形的状态表现出来，一个苦于考试的学子的形象跃然纸上，让人觉得夸张可笑，但又感觉真实贴切。

延伸思考

1. 作者认为考试制度在一切制度里的地位如何？

2. 如果赴考，就得把自己当做什么？

3. 考试当中最难的是什么？

相关链接

历史上考试几经改革，现在考试依然是我们生活中的一部分。我们每个人都经历过考试，也早已习惯了一天考多门科目，也许我们的大脑早已被分成一块一块。考而不死，也没有成为神。但是，老舍先生对考试制度所作的深入而睿智的探讨，值得我们深思。

名家心得

老舍先生的作品集语言的通俗性和文学性为一体，渗透着京味文化。文字自然平易、明白晓畅，没有技巧的痕迹却有着扣人心弦的魅力。有老舍先生必有幽默，在诙谐俏皮中透露着情感与智慧，耐人寻味。老舍先生的文章有着大雅若俗的美，生活中随便一件小事，在他的笔端就成了妙思佳文。

读者感悟

读老舍先生的文章，犹如和一位平易近人的智者交谈。读着读着，会不自觉地笑起来，笑过之后又不禁沉思，是因为他的笔有一种魔力吧。他作品中所描述的美与丑、玩与斗、苦与乐，传达着他对底层人民生活不幸的同情、对国民劣根性的批判、对贫穷落后的反思、对美好生活的向往、对家国的热爱……

阅读拓展

老舍先生曾说，《离婚》是他最满意的作品。老舍用他独特的温和幽默的方式描绘了一幅现代市民的生活画面，几个家庭因为这样那样的原因，吵闹着要走出婚姻这座围城，最后却以敷衍、妥协的生活态度结束了离婚的拉锯战。这部长篇小说对现实婚姻、家庭关系、人际交往、生命价值等问题进行了解读，语言幽默诙谐而又不失严肃深刻。

真题演练

1.《有声电影》标题使用了什么修辞？

2.《善人》主要运用什么方法来塑造人物形象？

3.《买彩票》写了哪几件事？

4.《抬头见喜》中的传统节日有什么矛盾性？

5.“因为他的‘狂’，所以他才肯受苦，才会爱惜羽毛。”（出自《一点点认识》）中“爱惜羽毛”是什么意思？

6.《大智若愚》题目的含义是什么？

1. 双关。

2. 人物对话和心理描写。

3. 集股、买彩票、保管、开奖、退股五件事。

4. 传统节日本是喜庆的日子，但又是债主上门催债的日子，自然让人忧虑而难以快乐起来。

5. “羽毛”比喻人的声望。“爱惜羽毛”指张恨水珍重爱惜自己的声誉，行事谨慎，专注于写作。

6. 好的文艺作品对读者是“大智”，对作者是“大愚”。

爱阅读课程化丛书 / 快乐读书吧

外国经典文学馆					
序号	作品	序号	作品	序号	作品
1	七色花	29	泰戈尔诗选	57	木偶奇遇记
2	愿望的实现	30	格列佛游记	58	王子与贫儿
3	格林童话	31	我是猫	59	好兵帅克历险记
4	安徒生童话	32	父与子	60	吹牛大王历险记
5	伊索寓言	33	地球的故事	61	哈克贝利·费恩历险记
6	克雷洛夫寓言	34	森林报	62	苦儿流浪记
7	拉封丹寓言	35	骑鹅旅行记	63	青 鸟
8	十万个为什么（伊林版）	36	老人与海	64	柳林风声
9	希腊神话	37	八十天环游地球	65	百万英镑
10	世界经典神话与传说	38	西顿动物故事集	66	马克·吐温短篇小说选
11	非洲民间故事	39	假如给我三天光明	67	欧·亨利短篇小说选
12	欧洲民间故事	40	在人间	68	莫泊桑短篇小说选
13	一千零一夜	41	我的大学	69	培根随笔
14	列那狐的故事	42	草原上的小木屋	70	唐·吉诃德
15	爱的教育	43	福尔摩斯探案集	71	哈姆莱特
16	童 年	44	绿山墙的安妮	72	双城记
17	汤姆·索亚历险记	45	格兰特船长的儿女	73	大卫·科波菲尔
18	鲁滨逊漂流记	46	汤姆叔叔的小屋	74	母 亲
19	尼尔斯骑鹅旅行记	47	少年维特之烦恼	75	茶花女
20	爱丽丝漫游奇境记	48	小王子	76	雾都孤儿
21	海底两万里	49	小鹿斑比	77	世界上下五千年
22	猎人笔记	50	彼得·潘	78	神秘岛
23	昆虫记	51	最后一课	79	金银岛
24	寂静的春天	52	365 夜故事	80	野性的呼唤
25	钢铁是怎样炼成的	53	天方夜谭	81	狼孩传奇
26	名人传	54	绿野仙踪	82	人类群星闪耀时
27	简·爱	55	王尔德童话		**陆续出版中……**
28	契诃夫短篇小说选	56	捣蛋鬼日记		

中国古典文学馆					
序号	作品	序号	作品	序号	作品
1	红楼梦	9	中国历史故事	17	小学生必背古诗词 70+80 首
2	水浒传	10	中国传统节日故事	18	初中生必背古诗文
3	三国演义	11	山海经	19	论 语
4	西游记	12	镜花缘	20	庄 子
5	中国古代寓言故事	13	儒林外史	21	孟 子
6	中国古代神话故事	14	世说新语	22	成语故事
7	中国民间故事	15	聊斋志异	23	中华上下五千年
8	中国民俗故事	16	唐诗三百首	24	二十四节气故事

名人传记文学馆

序号	作品	序号	作品	序号	作品
1	雷锋的故事	9	华罗庚传	17	司马光传
2	苏东坡传	10	达·芬奇传	18	屈原传
3	居里夫人传	11	爱因斯坦传	19	科学家的故事
4	中外名人故事	12	牛顿传	20	杰出人物故事
5	比尔·盖茨传	13	岳飞传	21	阿凡提的故事
6	诺贝尔传	14	戚继光传	22	孔子的故事
7	爱迪生传	15	张衡传		**陆续出版中……**
8	达尔文传	16	诸葛亮传		

中国现当代文学馆（语文课本作家系列）

序号	作品	序号	作品	序号	作品
1	一只想飞的猫	18	大林和小林	35	金波经典美文：树与喜鹊
2	小狗的小房子	19	宝葫芦的秘密	36	金波经典美文：阳光
3	“歪脑袋”木头桩	20	朝花夕拾·呐喊	37	金波经典美文：雨点儿
4	神笔马良	21	小布头奇遇记	38	金波经典美文：一起长大的玩具
5	小鲤鱼跳龙门	22	“下次开船”港	39	金波经典童话：沙滩上的童话
6	稻草人	23	呼兰河传	40	金波诗歌：我们去看海
7	中国的十万个为什么	24	子 夜	41	吴然精选集：五彩路
8	人类起源的演化过程	25	茶 馆	42	吴然精选集：珍珠雨
9	看看我们的地球	26	城南旧事	43	高洪波精选集：陀螺
10	灰尘的旅行	27	鲁迅杂文集	44	高洪波诗歌：彩色的梦
11	小英雄雨来	28	边 城	45	肖复兴精选集：阳光的两种用法
12	朝花夕拾	29	小桔灯	46	刘成章散文集：安塞腰鼓
13	骆驼祥子	30	寄小读者	47	刘成章散文集：信天游
14	湘行散记	31	繁星·春水	48	曹文轩经典小说：芦花鞋
15	给青年的十二封信	32	爷爷的爷爷哪里来	49	曹文轩经典小说：孤独之旅
16	艾青诗选	33	细菌世界历险记		**陆续出版中……**
17	狐狸打猎人	34	高士其童话故事精选		

中国现当代文学馆（语文课本延伸阅读系列）

序号	作品	序号	作品	序号	作品
1	荷塘月色	13	长 河	25	丁丁的一次奇怪旅行
2	背 影	14	寒假的一天	26	小仆人
3	从百草园到三味书屋	15	古代英雄的石像	27	旅 伴
4	徐志摩诗歌	16	东郭先生和狼	28	王子和渔夫的故事
5	徐志摩散文集	17	大奖章	29	新同学
6	四世同堂	18	半半的半个童话	30	野葡萄
7	怪老头	19	红鬼脸壳	31	会唱歌的画像
8	小贝流浪记	20	会走路的大树	32	鸟孩儿
9	谈美书简	21	秃秃大王	33	云中奇梦
10	女 神	22	罗文应的故事		**陆续出版中……**
11	陶奇的暑期日记	23	小溪流的歌		
12	从文自传	24	南南和胡子伯伯		

中国现当代文学馆（中高考热点作家系列）

序号	作品	序号	作品	序号	作品
	陆续出版中……				